Poemas de Ternura

Norma Iris Pagan Morales

ISBN 978-1-959895-64-0 (paperback)
ISBN 978-1-959895-63-3 (ebook)

Printed in the United States of America

POR
NORMA IRIS PAGAN MORALES

Reconocimiento

Quiero agradecer a mi hermana, Adelin Milagros Pagan Morales, porque es una gran persona. Ella no solo es mi hermana es también mi mejor amiga. En verdad no sé lo que sería de mí si no estuvieses a mi lado.

Hubo un momento de mi vida en el cual estuve rodeada de muchas personas, pero luego enfrenté problemas. De tantos familiares y amistades de todos ellos solamente quedo ella para ayudarme. Le agradezco de todo corazón lo que hizo por mí.

Gracias Adelin por estar siempre a mi lado.

Prólogo

El amor nos acompaña siempre: nos afecta, nos desvela, nos alimenta, nos alienta, nos consume por dentro y nos consuma como seres humanos. Es la experiencia universal que toca a todos, y por eso ha sido siempre la canción de los poetas.

La poesía es el arte convertido en palabras. Para muchos, un verso romántico les trae recuerdos de una relación que nunca se logró. A otros una poesía les inspira y los ayuda a reflexionar diariamente.

La poesía también puede intervenir positivamente en el desarrollo intelectual y emocional de los niños. Aunque a simple vista el lenguaje de la poesía no sea tan cercano, su ritmo y musicalidad la hacen muy atractiva para no solo los niños, pero para adultos también.

Explicación del poema

¿Qué es un poema?

Es una obra de cierta extensión escrita en verso, o en prosa, pero de género poético.

La poesía se puede poner a muchos usos. De contar historias largas a la presentación de una pequeña idea del autor. Los usos de la poesía han conducido al desarrollo de diferentes tipos literarios.

Entre ellos se encuentran la narrativa, dramática y lírica. Poesía y narrativa, como el largo de ficción, cuenta la historia. Más conocidas entre las obras narrativas son las epopeyas griegas la Ilíada y la Odisea. Libro de Job de la Biblia es también un relato.

Durante la edad media, cuando cristianismo dominado Europa, poesía en gran medida servía a los intereses de la religión. Con el renacimiento y el surgimiento del humanismo en Italia, la poesía otra vez había separado él mismo un uso estrecho. Su temática se convirtió como variadas como permitirían el mundo y las ideas del poeta.

En la música

Es una pieza musical para un para un solista.

Poema sinfónico

Es una composición de música para orquesta inspirada en una obra literaria o en una idea poética.

Poemas en exageración

Ser un poema o todo un poema coloquial se aplica a lo que llama la atención por cómico, exagerado u otra cualidad.

"Era todo un poema verlos bailar y cantar por la calle".

Términos Generales de una Poesía u obra Literarias

<u>Alegoría</u>- es una metáfora continuada a lo largo de una composición o parte de ella

<u>Aliteración</u>- es repetición de una misma letra o del mismo sonido o grupo de sonidos en una cláusula

<u>Ambiente</u>- el escenario o sitio donde ocurre el evento

<u>Arquetipo</u>- modelo original o símbolo universal.

<u>Axioma</u>- una verdad aceptada universalmente que no necesita ser demostrada.

<u>Caricatura</u>- retrato o bosquejo satírico o exagerado de una persona que puede ser literario o pictórico

<u>Circunloquio</u>- es el rodeo de palabras para expresar una idea de manera indirecta cuando ésta puede ser expresada de manera más directa.

<u>Claroscuro</u>- es la mezcla de sombra y luz.

<u>Clímax</u>- punto culminante de la obra o el momento en el que se nota la exposición del tema en su forma más explícita

<u>Coloquio</u>- composición literaria dialogada, escrita en prosa o en verso.

<u>Complicación o clímax</u>- es donde se presenta la acción principal y las tensiones que la rodean

<u>Connotar</u>- sugerir, además del significado explícito de una palabra, otras ideas o asociaciones relacionadas a la palabra.

<u>Costumbrismo</u>- el género literario dedicado a la descripción de costumbres de un lugar o país.

<u>Criollismo</u>- se refiere a la corriente regionalista de Hispanoamérica que se manifiesta en el cuento y la novela. Los autores que escribieron

bajo esta influencia exponen y denuncian las condiciones sociales, económicas y políticas de sus respectivos países.

Cromatismo- uso de colores para expresar ideas y sentimientos.

Crónicas- relatos históricos.

Cuadro de costumbres- boceto que presenta escenas características de un lugar.

Desenlace- es el final, conclusión o solución de la obra

Diálogo- intercambio de palabras entro dos personas

Discurso- la manera de narrar la historia

Estructura- es el arreglo de una obra literaria

Eufemismo- modo de expresar con suavidad ideas cuya franca expresión sería dura o malsonante

Exordio- el prólogo o introducción al comienzo de una obra

Exposición- información que provee el autor sobre los personajes y el ambiente

Fábula- El asunto de una obra literaria. También narración breve de una acción en la que los personajes son animales irracionales. Las fábulas contienen una enseñanza moral y literaria.

Fluir de la conciencia- técnica que describe la actividad mental de un individuo desde la experiencia consciente a la inconsciente.

Fondo- es el asunto, tema, el contenido, los pensamientos y los sentimientos que se encuentran en una obra literaria.

Forma- la combinación de diversos elementos de una obra literaria.

Figuras retóricas - El uso del lenguaje para persuadir y para crear imágenes bellas y conmovedoras.

Género literario- temas como romance, misterio, y comedia

Indianismo- tendencia del romanticismo hispanoamericano a idealizar al indígena e incluirlo en la obra literaria como ente decorativo.

Ironía- figura que se opone el significado a la forma de las palabras con fines de burla, para expresar una idea de tal manera que, debido al tono, se entienda lo contrario. La ironía amarga o cruel se llama sarcasmo

<u>Justicia poética</u>- un resultado en el cual los buenos son premiados y los malos castigados.

<u>Leitmotivo</u>- la repetición de una palabra, frase u oración a lo largo de una obra para crear cohesión.

<u>Metáfora</u>- figura retórica por la cual se traslada el sentido de una palabra a otra mediante una comparación mental.

<u>Metonimia</u>- figura de retórica que consiste en designar una cosa con el nombre de otra cuando están ambas reunidas por alguna relación.

<u>Parábola</u>- narración de un suceso del que se deduce una enseñanza moral o una verdad importante.

<u>Parodia</u>- imitación burlesca de una obra seria.

<u>Paradoja</u>- el empleo de expresiones o frases que envuelven contradicción.

<u>Paráfrasis</u>- explicación de un texto para hacerlo más claro

<u>Personificación</u>- atribución de cualidades o actos propios de los seres humanos a los objetos inanimados

<u>Prefiguración</u>- anticipación de lo que va a ocurrir.

<u>Pregunta retórica</u>- pregunta hecha para producir un efecto y no para ser contestada.

<u>Presentación</u>- es la parte de la obra en la cual se establecen los hechos

<u>Protagonista</u>- personaje principal

<u>Resolución</u>- desenlace- la resolución de las tensiones

<u>Retruécano</u>- juego de palabras producido por la similitud de sonidos y diferencias de significados.

<u>Sátira</u>- obra cuyo objetivo es censurar, criticar, o poner en ridículo

<u>Sinestesia</u>- cuando una sensación describe a otra.

<u>Significado</u>- Lo señalado o el concepto detrás del significante.

<u>Significante</u>- signo lingüístico utilizado para nombrar algo. Lo señalado es el significado.

<u>Símbolo</u>- es la relación entre un elemento concreto y otro abstracto

<u>Símil</u>- comparación entre dos cosas para dar una idea más viva de una de ellas.

<u>Tema</u>- la idea central o mensaje de un texto

Los poemas deben de ser escrito por uno mismo.

Sí, es preferible escribirlo uno mismo, o escoger a una persona experta en poemas.

Acuérdense que ahí mucho tipo de poemas, por ejemplo:

Todos recordamos ese amor adolescente lleno de ternura e inocencia cuando nuestros corazones viajaban de un lugar a otro buscando aquella muchacha o aquel muchacho que cuando pasaba por nuestro lado nos hacía temblar todo el cuerpo.

A veces no nos atrevíamos a decir nada y quedaba ese amor para la eternidad como un amor platónico. Pero dichosos aquellos que pudieron consolidar el amor como lago hermoso y se constituyeron en pareja de enamorados.

Cada opción tiene sus ventajas y sus desventajas. En primer lugar, si escribes el poema tú mismo, tendrás la seguridad de que expresa justo aquello que tú quieres expresar. Todo depende en lo que vas a escribir. Lo importante es que tenga un valor positivo.

Además, será mucho más original que tú mismo lo escriba. Sin embargo, también debes tener en cuenta que te llevará más tiempo que si únicamente te limitas a tomar uno que ya esté disponible por internet. Si no eres poeta, ellos van a valorar el esfuerzo que hiciste.

Por otro lado, puedes escoger un poema que ya esté disponible en internet. En ese caso, tendrás la ventaja de que el poema tendrá mucha más calidad y te llevará menos tiempo, porque tan solo tendrás que encontrarlo e imprimirlo. Sin embargo, no será tan original, y no representará tan bien lo que tú piensas y sientes, puesto que no lo habrás escrito tú. Todos saben que no eres poeta. En cualquier caso, es tu decisión.

Los sonidos y las sílabas del poema

El poeta combina de maneras su propia las rítmicas, para formar la literatura llamada poesía. El Lenguaje se puede utilizar en varias maneras de contar una historia, admirar las maravillas de la naturaleza, explicar el universo, dar consejos o reflexionar sobre los misterios de la vida y la muerte.

Entre estas formas son la novela, cuento, ensayo y dramática tragedia y comedia. Todos estos pueden definirse más fácilmente, y cada uno tiene cualidades que la separan del resto.

El Amor

Se encuentran mucha clase de amor. Por ejemplo, amor a tus padres, hermanos y amigo.

El amor es una experiencia universal que nos conmueve a todos, pero a veces no hallamos las palabras adecuadas para expresarlo. A lo largo de la historia los poetas han sabido decir aquello que todos sentimos de formas creativas y elocuentes.

Por ese medio, quiero que conozcan y que sepan que hay muchas maneras para expresar el amor.

Comencé este libro con el amor más grande en nuestra vida. El amor de una madre.

Espero que les guste esta colección de poemas que fueron escrito especialmente para ti.

Mi Querida Madre,

Te extraño mucho. Siempre deseo que tú estés aquí a mi lado.

Yo quiero decirte que madre solo hay una.

Cuando una madre muere, sus hijos sufren. La pérdida hace que sea difícil hasta para respirar. Que infantil me estoy oyendo, pero es así. Un pedazo de nosotros se nos fue.

A veces miro a mi alrededor cuando voy caminando y creo que te veo. Pero, sigo mi camino. Porque sé que es solo mi imaginación. He sobrevivido estos nueve años y no asido fácil.

En el año después de tu muerte, mis sueños llenaban mi mente. Yo solo veía noche tras noche lo que paso el día de tu muerte. De día, andaba hacia tu cuarto y luego me daba cuenta de que ya no estabas.

Tu muerte me afecto muchísimo. Yo siempre me pasaba pensando que tu estaba todavía viva. Soñaba de día y al despertar me recordaba otra vez que tú estabas muerta.

Fue más difícil cada día porque fue la época de navidad.

Yo estaba sola con mi padre. El sentía lo mismo. Fueron días bien difíciles para los dos. Mientras la gente salían de fiesta, mi padre y yo haciéndote el rosario. Sabe que faltan más que palabras para decirte que nunca te olvidare mamá.

He sentido tu ausencia cada día de mi vida desde que te fuiste de mí lado. Después de tu muerte, caí en un pozo de eterna agonía, Estaba en depresión. Yo no tenía a nadie para contarles mis penas. Esa depresión corría en mis venas. Mi sangre se convirtió bien áspera y raspaba mi corazón. Estaba bien mal.

La depresión me llevaba arrastrada a través de mis días. Te digo esto madre, pero no te pongas triste. Sino para hacerte saber cómo tu pérdida me impacto mi vida. Hice muchas cosas durante esos días difíciles.

Al mes de tu muerte, decidí retirarme. Era fuerte ir a trabajar con una sonrisa, pero por dentro una tremenda tristeza. Me convertí en un vacío. He buscado muchas cosas que me llenaran ese vacío. A veces uno que otro amigo me ayudó con mi tristeza. Trataron de distraerme tantas veces. Yo no tenía familia que me apoyara. Mis mascotas eran los únicos que me consolaban.

Una de las mascotas te buscaba por toda la casa. Ese era Blackie. Te buscaba y lo vi buscar, pero nunca te pudo encontrar. Yo entendía su tristeza y confusión.

Nunca he podido olvidarte. Una parte de mí se pierde todavía y me pregunto si algún día te volveré a ver. Yo sé que estás en el cielo. Rezo mucho y le pido a Dios que te cuide. Nos encontraremos allá si Dios lo permite.

Te tengo que contar algo que me paso no mucho tiempo después de tu muerte. Encontré en la hierba de nuestro patio, una tarjeta. La tarjeta tenía una imagen de Jesús.

Parecía una tarjeta antigua. Me pregunte que hacia allí. ¿Cayó del cielo y se cayó para yo la encontrarla? ¿Alguien la puso en un globo y apareció en mi casa dejando la tarjeta para que yo la encontrara? ¿Dios la puso allí? ¿Tal vez un vecino?

Todavía tengo esa tarjeta. Tiene unas palabras bien lindas. Son las palabras del Salmo 23. Sabes que era tu favorito. Se trataba de la comodidad y el valle de la muerte. Tenía que preguntar a alguien si era una señal enviada del cielo. Nadie me dio una repuesta.

Me hizo llorar mucho. Mis lágrimas me destruían. Habían rastrado de líneas desde mis ojos hasta los dedos de los pies. Me dejaron muchos recuerdos. En ese momento, fui y te encendí una vela de Navidad.

Lloré mucho y le perdí a Dios como una joven adolescente. Cuando miré hacia al lado, creo que te vi por un instante. Tú te veías hermosa y bien jovencita. No pude encontrar palabra para decirte que te quería.

De pronto, te fuiste. Me quede sola, pero con un gran alivio en el alma. No sentía agonía ni tristeza…

Tu pérdida me llevo a la escritura. Desde ese día comencé a escribir más. La escritura ha sido un consuelo para mi alma. Es la única manera en que puedo sentir paz.

Ahora sentada en la cocina, echo de menos los alimentos que tú me hacía. Nadie puede hacer comida como tu mamá. Siempre me daba

mis alimentos con amor. Es imposible, porque nadie tiene tu sonrisa y tu bondad. Tú fuiste una madre fantástica. Sé que no todo el mundo puede decir eso sobre sus madres. Yo estuve la suerte de tenerte.

Mamá, fuiste fantástica, increíble, cariñoso y creativa. Siempre, dando lo mejor...

Madre, después de mi retiro, logre muchas cosas. Te perdiste todo lo bueno que me paso, pero estoy esperando que algún día te veré y tú me dirás que estabas ahí conmigo.

Gracias Mamá, te quiero mucho.
Tu hija
Norma

La Despedida De Mi Querida Madre

La tarde llegó y yo estaba a tu lado...
Aunque estaba preparada
Fue fuerte comprender que tu mi madre
Tú espíritu y tu alma,
Habían volado alto esa tarde
Te quedaste para siempre dormida.
Yo siempre estuve a tu lado
Yo en tu cuarto y mi padre
Como siempre Solitos contigo
Tu quieta para siempre dormida.
Cerrando tu boquita, acariciando tus manitas,
Mi padre y yo te abrazamos para cubrirte toda.
El llanto, la tristeza larga, el vacío,
El dolor que se apodera de tu cuerpo y mente,
Nublando los pensamientos para convertirte.
La noche nunca se acababa
Escondida detrás de la luna llorando

Los días que siguieron fueron todas pesadillas,
Mi llanto se hizo lluvia tormentosa,
Mi voz como lamentos de espantos,
Todos los te quiero que muchas veces te dije
Vinieron como ecos
A tocar constantes en mis oídos.
Madre te has marchado, aunque estaba preparada
No estaba lista para tu partida

Madre te fuiste dejándome desconsolada,
Como explicarte mis suspiros por ti
Las veces que me llamaste
Yo siempre estuve para escucharte.
Nunca estuve apurada con mis proyectos
Nunca estuve ocupada con mi trabajo
Tú siempre fuiste primero...
Esa noche del cielo bajo una nube blanca
De algodón y caramelo,
Un ángel bello vestido de mujer.
Vino a secar mis mejillas de las lágrimas,

Que por ti lloraba madre querida
Y una provocativa excitación en mi cuerpo
Hizo el recorrido ligero de tus dedos amorosos
Tocaste mi rostro, me tomaste las manos,
Y tu voz ronca me dijo:
"nunca tengas miedo,
Yo siempre estaré a tu lado".
Tus manos que fueron las primeras manos que me tocaron,
Tus manos que siempre me acariciaron con la ternura
Que solo tiene una madre,
Tu compasión por mi dolor cada vez que llorando te contaba
Lo malo que pase el día,
Y todo lo que tenía que enfrentar.
Cuantas veces tus manos cansadas me acariciaron con ternura
Mi rostro de niña
Cuantas veces me dijiste "tú puedes, nunca te rindas"
Tus versos maravillosos como los del mejor poeta
Encontraron refugio en mis letras,
Ahora, con tu partida, reparando tantas cosas

Que no había comprendido o que no quería ver.
Madre mis noches se han hecho largas y solitarias
Madre no tengo a quien contarle muchas cosas,
Empiezo a caminar a tu cuarto
y entonces me recuerdo que ya no estas...
Te extraño tanto, me haces mucha falta
Eres irremplazable.
Y ahora busco en los ojos de mis hermanos,
Y de tus nietos,
Puedo encontrarte en mis sueños,
Reconozco tu fragancia,
Y estarás siempre en mi mente y alma.
Y otra vez la niebla de la noche
Cubrirá mis ojos tristes y cansados,
Y al contemplar el cielo
Al temblar mi corazón partido
Te buscare en las nubes blancas.
Y pasaran muchos años
Y te seguiré amando y buscando en los recuerdos,

Pasaran muchas noches en que dormida
Iremos de compras al mercado,
Y a la playa
Cantaremos muchas canciones,
Cocinaremos juntas, y discutiremos,
y haremos todas las cosas que hacen las madres
Con sus hijas.
Y volveremos algún día a estar juntas
Como cuando me cargabas en tu vientre.
Emprenderé cuando el tiempo me llegue
El vuelo que me acerque a tu lado
Estaremos juntas por fin
Madre e hija,

En paz, amor y armonía
Donde habitan nuestros sueños
Y residen nuestros más ardientes deseos
Hoy descansas plácida al lado de mi abuela,
Tu madre, Mi hermano y demás familiares,
Ustedes pueden escuchar nuestras voces y sonrisas

Lo que sentimos tus tres hijitos por ti madre,
Que es tan cristalino y puro.
En esta tarde triste de despedida,
Te queremos decir madre querida,
Que estamos rotos por el dolor de tu partida,
Que nos haces falta,
Que todos juntos te prometemos
Convertirnos en hombre y mujeres.
En hermanos amorosos y unidos.
Te llevare conmigo el resto de mi vida
Y sé que en la puerta del cielo
Tú nos estarás esperando
Para recibirnos uno a uno, en tus brazos
Para acariciarnos y limpiarnos
Las heridas de los mortales,
Para llegar a tu lado
Y dormir eternamente
Recostada en paz en tu dulce refugio.

Te amé

Yo te amé primero, y no me respondiste….
Luego, escuchaba un canto que flotaba
Como ahogaba la amistosa paloma.
Mi amor era largo y siempre fue tuyo
A momento parecía más fuerte;
Me encantó y yo sospechaba,
Que me interpretaba que tú me amaba
Por lo que podría o no podría ser
Cierto amor mío
Mi amor, tú y yo estaremos juntos para siempre.

Amor Imposible

Cuanto te quiero y tú no responde
Te quiero tanto y a ti no te interesa
Te lo he dicho tantas veces
Te lo he dicho con alegría
Te lo he dicho con tristeza
Con el odio, con muchas terribles palabras
Eso no me basta
Te quiero más allá de mi vida
Quiero probártelo con mi muerte
Te quiero más allá del amor
Pero mejor lo diré con el olvido

Me Estoy Muriendo

Que debo hacer con mi vida
No sé qué hacer con esta soledad
Llevo una vida muy triste
Nunca he tenido un gran amor
No he tenido la oportunidad de que
Alguien que me quiera como siempre lo he soñado
Mi vida es un fracaso necesito un amor
Necesito a alguien que me haga sonreír
Ahora, estoy muy sola ya me quiero morir
Ayúdame, DIOS mío te lo suplico
Pon en mi camino esperanza de encontrar
Un buen hombre que esté a mi lado para siempre.
Por favor, DIOS mío
Me estoy muriendo....

Amor Te Amo

Tus labios tan lindos y perfectos
Que brillan cuando sonríes
Amo tus ojos cuando me miras,
Y se ven encendido con un fuego apasionado.
Me encantan tus brazos cuando me abrazas
Con tanto cariño; Me encanta tu cabello
¿Pero sabes una cosa mi amor?
Solo quiero que me des un amor sincero

No Soy Tuya

No eh perdido, aunque recuerdo la pérdida
Como una vela encendida a mediodía,
Perdida como un pedazo de nieve en el mar.
Me amas y te encuentro todavía como un espíritu hermoso
Que brilla, pero yo soy yo,
Que deseo ser perdida
Como una luz se pierde en su misma luz.
Me dejas sorda y ciega,
Arrastrada por la tempestad de tu amor,
Una forma puntiaguda con un viento que atraca.

Porque te amo

Porque te amo; te voy a amar más cada día,
De esperar que no te espera que
Mi corazón pasa del frío al fuego.
Te quiero sólo porque es lo que me encanta;
Te odio profundamente, y odiar la curva a ti,
Y a la medida del cambio de mi amor para ti
Es que no nos vemos, pero te amo ciegamente.
Tal vez la luz de enero consumió mi corazón
Con su rayo cruel, robo mi clave de verdadera calma.
En esta parte de la historia yo soy la que muero,
Acuérdate que te amo y te seguiré amando

El amor

El amor que ella había buscado ha llegado
Llegó con mucha fuerza,
Ella no escuchó nada. Ella había pensado en
Como su príncipe llego a su lado:
En la dulce luz de la noche caen,
Ella lo encontró a su lado.
Ella había soñado con este momento
Que despertó su corazón
Encontró en su rostro la gracia familiar
De un amigo que conocía.
Ella había soñado llegada
Que conquisto su alma,
El trajo alivio calmo

Amor Perfecto

Te amo por una razón
Sé que con todos nuestros inicios vino
Con terminaciones y con muchas salidas
Nuestro amor poco a poco se fue desapareciendo
Pero nos quedamos juntos a través de fuertes pruebas
No importa cómo muchas veces una y otra vez
Un amor tan perfecto un amor tan verdadero
No moriría si algo puedo decir, "Nuestro amor es puro y dulce"
Estamos tan enamorados como cuando nos conocimos
Y para terminar te diré que nuestro amor es perfecto .....

Tus dulces labios

Tus labios son como la azúcar,
Labios que me esclavizan con su grandeza,
Tú eres tan tierno que cuando estamos juntos me hace deseosa
No te rías de mí porque solo digo la verdad
Me gusta escuchar tu voz me trae muchos recuerdos
Porque solo pienso en tus dulce labios
Labios de amor, labios de labios partiré
Con el pensamiento de tu dulzura,
Labios de fuego y labios de esperanza
Y de oro celestial.

Mi Adoración

Tantas cosas que te quiero decir y hacer,
Quiero abrazarte con mucha ternura.
Hemos pasado muchos momentos hermosos
Hemos compartido también triste situaciones,
Creo que somos una linda pareja mi amor.
El mundo es tuyo y mío,
Congelados juntos en un tiempo lejano.
Corro milla tras milla, a ver tu hermosa sonrisa mi amor.
Mi corazón es sólo para ti,
Siento como si nuestro amor es un sueño hecho realidad.
Tú eres como un ángel que has llegado desde el cielo…
Tú eres y serás siempre mi adoración

El Regalo de Dios

Un regalo de Dios para toda jovencita,
Tan fresco, tan nuevo que es el amor
La pasión que sentía por ti.
Te amaba tanto y dije sí
Al frente de Dios, yo fui bendecida
Con un galán de hombre
Con un corazón tan verdadero me dio su amor
Y una pasión que aún siento por ti durante mi embarazo
Lleve nuestro regalo de Dios por nueve meses
Yo soy muy afortunada tener un esposo como tu
Tú eres un padre maravilloso
Tu mi amor eres regalo de mi vida
Realmente eres una bendición enviada por Dios

Mi Primer Amor

Tú fuiste mi primer amor,
Que todavía hoy en día conservo.
Todavía eres tan galán como nos conocimos,
Y he aprendido a amarte cada día más
De muchas maneras diferente.
Te amo por tu atención y tu forma de ser.
Te amo por tu perfección,
Que sólo se pone mejor con cada día que pasa.
Te amo por tus besos,
Tus caricias y tu manera de amar.
Te amaba ayer, hoy y mañana también lo haré.
Te Prometo mi amor estar aquí para quedarme.
Te amo porque salvó y me dio esperanza.
Te Amo y te respeto.
Quiero que sepas que realmente
Respeto ese acto de amor.
Recuerdo bien la primera vez que hicimos amor,
Eres un regalo de Dios.

Tu Eres Mi Canción

Si yo fuera sorda, pudiera sentir el sonido de la música
Y en sus vibraciones vienen a conocer
La sensación verdadera de su profundidad
Si yo fuera muda, pudiera hablar al mundo
Por medio del ritmo de su danza
Y la sonrisa en los ojos
Si yo fuera ciega, pudiera saborear
Los colores del arco iris
Junto a oír su discordante sonido
Como juntos chocan en un prisma de luz
Pie entre las flores se puede sentir
El dulce aroma de la rosa,
Su aroma se desplaza con el viento
Y se puede escuchar lo que siento
Olor a lo que vea o toque la luz que brilla
Abajo en mí de la noche contar contigo,

Como he tenido la suerte de sentir
El toque melodioso de otra alma que ama
Más que vida o saborear la dulce perfección
Del abrazo de esa persona su dulce aroma
Ha traído luz a mi mundo
Y sus tiernas caricias han llenado

Mi corazón de canción dentro de mis ojos
Que me agarro a ella
Y a su toque suave de su voz
Mi corazón en sus brazos que he conocido
La carcajada con su sonrisa y me da mucha paz

Expresando Mi Amor

No sé todos los lenguajes del mundo.
Solo sé que existes muchas formas de decirte que te amo.
Te expreso mi amor en palabras y por mis actos.
Te prometo por siempre, y espero que tu sientas lo mismo
Tú eres el único amor para mí.
Deseo mantener y despertar a tu lado cada mañana
Para el resto de nuestras vidas.
Tu honestidad, tu amor y tu amistad
Es mi mayor placer.
Eres mi amor, mi esposo, mi mejor amigo
Es el mayor regalo que he recibido de Dios

Lo que es el Amor

Hay cosas que te encantaría escuchar
De una persona especial que la diga,
Pero no seas tan sordo para no oírlas
De aquella que las dice desde su corazón.
Nunca digas adiós si todavía lo quieres.
Nunca te des por vencida si sientes que
Puedes seguir luchando. Nunca le digas a
Una persona que ya no la amas si no puedes
Dejarla ir.
El amor llega a aquel que espera, aunque lo
Hayan decepcionado, aquel que aún cree,
Aunque haya sido traicionado.
Aquella que todavía necesite amar, aunque antes
Haya sido lastimada, y a aquella que tiene el coraje
Y la fe para construir la confianza de nuevo.
El principio del amor es dejar que aquellos que
Conocemos son ellos mismos, y no tratarlos de

Voltear con nuestra propia imagen, porque
Entonces sólo amaremos el reflejo de nosotros
Mismos en ellos.
No vayas por el exterior, este te puede engañar,
No vayas por las riquezas, porque aún eso se pierde.
Ve por alguien que te haga sonreír, porque toma tan
Sólo una sonrisa para hacer que un día oscuro brille.
Espero que encuentres a aquella persona que te

Haga sonreír.
Hay momentos en los que extrañas a una persona
Tanto que quieres sacarlo de tus sueños
Y abrazarlos con todas tus fuerzas.
Espero que sueñes con ese alguien especial,
Sueña lo que quieras soñar; Ve a donde quieras ir;
Sé lo que quieras ser; Porque tienes tan solo una
Vida y una oportunidad para hacerlo todo

Mi Destino

Siempre supe que yo era para ti
Ya estaba escrito mi destino
Algunas veces hemos oído hablar
De que nuestro destino está escrito
Y aunque realmente no lo está,
Parece que es así.
Casi siempre, suceden muchas cosas
Que están relacionadas con nuestro destino
Siempre nos aferramos a él pasado
Que no lo podemos cambiar.
Ciertamente, no se puede.

Cuando te Conocí

El día en que entraste en mi vida
El sol me hizo brillar,
Antes, todo estaba oscuro
Y de repente, tú iluminaste mi vida
Yo sonreí porque finalmente,
Mi corazón está feliz,
Desde el principio, yo sabía que tú me quería
Y por siempre estaremos juntos.

Ardes de Amor

Arde en tus ojos un misterio, que esquivas….
No sé si es odio o es amor
Conmigo irás mientras proyecte sombra
mi cuerpo y quede a mi calzado arena.
¿Eres la sed o el agua en mi camino?
Contesta, mi amor y compañero…...

Noches Frías

Las noches están frías porque no te tengo a mi lado.
Ya no siento tus abrazos. Ya no siento tus besos.
Te fuiste de mi lado sin razón.
Te perdí para siempre sin ningún motivo.
Esta noche, me siento más sola que nunca.
Las noches están más oscuras sin ti.
Ya no tengo el calor de tu amor.
La luz de tu mirada no me alumbra.
Pero sé que estás feliz
Ahora estas en el cielo
El gran Poder te está cuidando
Ya no tienes dolor
Algún día estaremos juntos para siempre

Solamente Tú

Tú eres la luz de mi vida
Quien con solo una sonrisa
Y decir mi nombre
Cambiaste un día, mi vida
Nunca me arrepentiré de haberte conocido
No me arrepiento de haberte escogido
Solamente tú me haces feliz
Tú, mi amor, eres el único que me importa

Te Estoy Perdiendo

Cada día que pasa, te estoy perdiendo.
No sé lo que me pasa....
Veo tus recuerdos a través de un sueño.
Siento que ya no me quieres....
No puedo seguir a tu lado...
Porque tú ya no me besas....
Tú ya no me acaricias.
Yo no quiero que finja....
Quiero decirte adiós......
Mi cariño era verdadero....
No va a hacer fácil olvidarte....
Pero lo tratare.......
Porque siento que
Te estoy Perdiendo

Tu Felicidad

Veras que yo soy la llave de tu felicidad
Veras que feliz es sentir mis besos y caricias
Tú nunca has tenido el amor que te ofrezco
Tú nunca has vivido AMOR VERDADERO
Tú tienes una vida vacía sin mi amor
Tú tienes una vida vacía sin mis caricias
No tienes a nadie que te toque
No tienes a nadie que te quiera
Yo estoy aquí ofreciéndote una vida alegre
Yo estoy aquí suplicándote que me quieras
Para que dejes de soñar
Yo te daré lo que mereces
TU FELICIDAD

Mi Culpa

Yo lo ame…pero…él era de otra…
Le pido perdón a Dios porque fue mía la culpa.
Después de haber besado sus labios…
No me importa el castigo…
Sé que fue un pecado…quererlo tanto
Siento mis labios dulces…por ese amor amargo…
Tratare de rehacer mi vida…
Porque el de otra…es…
Su amor era de otra que no lo merecía...
Pero sin embargo… con ella se fue…
Fue grave mi culpa lo se…pero…
Feliz me sentí en sus brazos...
Sabiendo que de otra es él…

¡Háblame!

¿Por qué estás callada mi amor? ¿Es una planta
tu amor, tan frágil y pequeñita,
que el aire de la distancia lo marchita?
Oye clamar la voz en mi garganta:
Yo te he servido como a solemne Nena.
Pobre soy que amores solicito…
¡Oh limosna de amor! Piensa y medita
que sin tu amor mi vida se viola.
¡Háblame! no hay tormento cual la duda:
Si mi amoroso pecho te ha perdido
¿tu solitaria imagen no te mueve?
¡No permanezcas a mis ruegos muda!
que estoy más solitario que, en tu nido,
el ave a la que cubre blanca nieve.

Cuando nos Separamos

Cuando nos separamos
con silencio y lágrimas,
con el corazón partido
para disolver por años,
agotadas se volvieron tus mejillas frías,
y aún más frío tus besos;
en verdad esa hora anunció
desconsuelo a ésta.
El rocío de la mañana
se hundió frío en mi frente:
lo sentía como el aviso
de lo que ahora siento.
Todas las promesas están destrozadas
e inconstante es tu reputación:
oigo pronunciar tu nombre
y comparto su vergüenza.
Ante mí te nombran,

campaneo de muerte que escucho;
un temblor me recorre:
¿por qué te quise tanto?
No saben que te conocía,
que te conocía muy bien….
mucho, mucho tiempo te lamentaré,
muy hondamente para expresarlo.
En secreto nos encontramos.

En silencio combato,
que tu corazón pueda olvidar,
y engañar tu espíritu.
Si te volviese a encontrar,
después de muchos años,
¿cómo debería proteger?
Con silencio y lágrimas.

Si me quieres

Si me quieres, quiéreme entera,
no por rica o por pobre…
Si me quieres, quiéreme por lo que soy
Quiéreme de día,
Quiéreme de noche…
¡Y madrugada en la ventana abierta!…
Si me quieres, no me recortes
¡Quiéreme toda… O no me quieras…

El No fue

Él no fue entre todos el más fuerte, ni más guapo…
Pero fue el que me dio un buen largo y profundo amor
Otros si me amaron
Pero sin embargo… a ninguno los quise cómo a el…
Acaso fue porque lo ame de lejos
No quise entregarme por completo
Ahora pienso en el
Pienso en el lindo momento que pasamos…
Tan feliz en sus brazos…
Tanta pasión… creí que era un verdadero amor…
Todo tan perfecto…tan profundo…
A veces Pienso en el
Cuando tantas veces me mintió…
Diciendo que me quería…
Nuestro amor era puro…

Solo Palabras

Solo con palabras puedo transmitir
Lo que siento por ti.
A veces me siento torpe por callar lo que siento.
Quizás permito este intenso silencio.
En las noches como ésta; oculto entre paredes
Lo que siento por ti.
Solo son palabras lo se
Si no viviera embriagada de un sueño…
De un sueño que solo nos encontramos tú y yo...
Esclava sin escape de lo que siento por ti...
Solo lágrimas, sin testigo
Por las sombras de la noche...
Si solo viviera atrasada en inocencia...
Podría derramar cuentos repletos de terror...
Son solo palabras lo se…
No quiero caer en trance de odiarte...

Quiero demostrarte amor
Quisiera entrar en tus pensamientos…
Para no preguntar porque tengo tantas dudas…
Ahora me conformo con las dulzuras que sembraste…
Y sé que niegas matar este amor intenso
Veo magia en tus ojos…
Yo no quiero que pare de crecer lo nuestro…
Estas son solo palabras….

Los ojos de Mi ser Amado.

Yo me perdería, por tus ojos verdes
Por tus ojos verdes yo me perdería.
Por tus ojos verdes en lo que, breve,
brillar suele, a veces, me da una melancolía;
por tus ojos verdes veo la paz,
tu misteriosos mirada, es como una esperanza mía;
por tus ojos verdes, suplico fuerte,
que me salvaría.

Grande Amor

Solo pido que me quieras…….
Como nadie ha me querido…
Con un amor tan intenso
Es así...que aliviare mi Corazón herido...
No me temas...que este amor que te ofrezco…
Es puro…nunca te obligare…
Solo quiero entregarte….
Y que aceptes mi pasión….

Cuando Amanecí A Tu Lado

Cuando amanecí a tu lado...
Vi un poder tan grande en tus ojos...
El mismo poder que sentí cuando nos conocimos...
Cuando nos entregamos por primera vez...por completo.
Ahora todas las mañanas cuando amanece me siento triste
Porque ya no estas a mi lado
Recuerdo cuando nos entregamos por completo la primera vez...
Un momento...que solo existió...tú y yo...

¿Dónde Estás?

De noche miro hacia el cielo
Veo muchas estrellas
Se unen y me dibujan un rostro desconocido
Sé que cada noche tu estas también buscándome
Mirando hacia las estrellas y mirando mi rostro desconocido
Esto es solo una ilusión, lo sé, pero tu estas ahí
Es una fuerte ilusión que veo entre nubes y estrellas
Sé que no es imposible, por lejos que estés
Te encontrare

Amarte

Por todas las cosas que hemos Vivido
Por todo lo que me has dado….
Por tu sencillez y tú linda manera de ser
He llegado amarte…
Por todas tus palabras de aliento
Por todo ese apoyo que me has dado…
Por el cariño que me brindas
He llegado amarte…
Creo que ha sido lo mejor que me
Ha pasado el haberte encontrado en mi camino….
El haber sembrado en mí, amor…
No me arrepiento, sino, agradezco a DIOS
Por tener un ser como tú en mi vida
Por eso y por muchas cosas más…
He llegado AMARTE…

El Amor es Simple

El Amor simple y directo
A veces tengo ganas de ser directa
para decirte, te amo con locura.
A veces tengo ganas de ser tonta
para gritar: ¡Te quiero tanto!
A veces tengo ganas de ser niña
para llorar acurrucado en pecho fuerte.
A veces tengo ganas de estar muerta
para sentirte bajo la tierra húmeda de mis jugos,
quiero romper mi silencio… el pecho,
decirte, te ADORO

Ni Recuerdos Ni Pronósticos

Entre nosotros, sólo se encuentra el presente…
No hay ni silencio, ni palabras
tu voz, sólo, sólo, hablándome.
Ni manos ni labios hay tan solo dos cuerpos,
A lo lejos, separados…
No hay ni luz ni tiniebla, ni ojos ni mirada:
visión, solo la visión del alma.
Y por fin, por fin, ni pena,
Hay cielo y sí, hay tierra,
Hay arriba y hay abajo,
Si tengo vida y si va a haber muerte, nada
Pero por ahora, sólo hay el amor dos amados.

La Expresión Más del Amor

Darse uno mismo como ofrenda gentil eso es amor…
Te ofrezco entre todo mucho amor,
Mi corazón ingenuo que a tu bondad se humilla;
No quieran destrozarlo tus manos cariñosas,
Tus ojos regocijen mi regalo sencillo.
En el jardín sombrío esta mi cuerpo fatigado
Las brisas tempranas cubrieron de rocío;
Como en la paz de un sueño se deslice a tu lado
El fugitivo instante que reposar ansío.
Cuando en mis sienes calme la divina tormenta,
Reclinaré, jugando con tu cuerpo,
Sobre tu pecho fuerte, mi pecho junto al tuyo,
Sonaremos con el ritmo de nuestros besos y mucho más...

Solo Eres Tú

¿Mi Patria?
Mi patria eres tú.
¿Mi familia?
Mi familia eres tú…
El destierro y la muerte para mi están adonde
no estés tú…
¿Y mi vida?
Dime, mi vida,
¿qué es, si no eres tú?

El Beso

El beso representa realización y lamentos
El beso son imágenes de finales posibles
El beso es despedido y un juego de posibilidades.
Si, cada beso es verdadero
Es despedida, es el comienzo
Besémonos, amando mío.
Tal vez ya nos toqué nuestra despedida…
Tu hombro, tus manos me llaman
A la lancha que no viene sino vacía;
Y que en el mismo fuimos mutuamente amantes….

Amor

A veces el enamorado no es correspondido,
si su amor es verdadero, espera la gracia de ser mirado
por un ser amado.
El enamorado espera pacientemente una oportunidad.
Amar es en este tímido silencio
cerca de ti, sin que lo sepas,
y recordar tu voz cuando te marchas
y sentir el calor de tu saludo.
Amar es aguardarte
como si fueras parte del fin,
ni antes ni después, quiero que estemos solos
entre los juegos y los cuentos….
Solos para siempre tú y yo….

Yo no Quiero Morirme

Yo no quiero morirme sin conocer tu boca,
Mi alma enamorada aspira la experiencia del encuentro
verdadero que le da sentido a mi vida.
El mi amor realizado le quita poder a la muerte,
porque él mismo se hace vida prodigiosa.
Yo no quiero morirme sin conocer tu boca.
Yo no quiero morirme con el alma indecisa
sabiéndote distinto, perdido en otras playas.
Yo no quiero morirme con este desconsuelo
por el arco infinito de ese arco triste
donde habitan tus sueños al sol de mediodía.
Yo no quiero morirme sin haberte entregado mi cuerpo,
la piel que me cubre, el temblor que me invade.
Yo no quiero morirme sin que me hayas amado.

Canto al Amor

A veces, el enamorado pierde.
El amor siempre sigue marcando sus huellas…
Como un recuerdo doloroso que inquieta los pensamientos.
Quiero llorar porque te amé demasiado,
Quiero morir porque me diste la vida,
Ay, amor mío, ¿será que nunca he de tener paz?
Será que todo lo que hay en mí
sólo quiere decir nostalgia…
Y ya ni sé lo que va a ser de mí,
Todo me dice que amar será mi fin...
Qué desespero trae el amor,
Yo que no sabía lo que era el amor,
ahora lo sé porque no soy feliz.

Soy Tuya

El alma enamorada y la entrega es total,
No por eso se puede develarse el misterio último de la esencia personal.
Cada ser es un misterio, en ese misterio, el amor instala su tienda.
Por te digo… soy tuya. Estamos tan cerca uno del otro
como la carne de los huesos. Tan cerca uno del otro
y, a menudo, ¡tan lejos!…
Tú me dices a veces que me encuentras cerrada,
como de piedra dura, como envuelta en secretos,
impasible, remota… Y tú quisieras tuya
la llave de mi misterio…
Si no la tiene nadie… No hay llave. Ni yo misma,
¡ni yo misma la tengo!

Amor Eterno

El amante mira la vida transitoria,
Y mientras la mira, adivina en el amor una brasa
inagotable capaz de iluminar la eternidad.
¿O es acaso que el amor es la misma eternidad?
Podrá nublarse el sol eternamente;
Podrá secarse en un instante el mar;
Podrá romperse el eje de la Tierra
Como un débil cristal.
¡Todo sucederá! Podrá la muerte
Cubrirme con su fúnebre crespón;
Pero jamás en mí podrá apagarse
La llama de tu amor.

Un Himno Gigante y Extraño

Anuncia en la noche del alma una aurora,
son páginas, solo son páginas de ese himno
con ritmos que el aire dilata en las sombras.
Yo quisiera escribirle, del hombre
domando el rebelde, mezquino idioma,
con palabras que fuesen a un tiempo
sus suspiros y sus risas, colores y notas.
Se que en vano estoy luchando, que no hay esperanza
Sí, teniendo en mis manos las tuyas,
Si pudiera, si pudiera oír y cantártela a solas.

Amor de mis entrañas

El Amor de mis entrañas, viva muerte,
en vano espero tu palabra escrita
yo pienso, con la flor que se marchita,
que, si vivo sin ti, yo quiero morir.
El aire es inmortal. La piedra floja
ni conoce la sombra ni la evita.
Corazón interior no necesita
la miel helada que la luna vierte.
Yo te sufrí. Rasgué mis venas,
Sobre tu cintura
En duelo de mordiscos y azucenas.
Llena pues de palabras mi locura
Déjame vivir en mi canción
Noche del alma para siempre oscura.

Cuando Tu Llegues a Amarme

El amor es a la vez fuente de vida y de dolor.
Por eso, te advierto a quien lo sepa que ese será su tu destino,
Pero tu solo sabrá que, no habrá otra manera
De vivir sin ser amando.
Cuando llegues a amar, si no has amado,
sabrás que en este mundo
es el dolor más grande y profundo
ser a un tiempo feliz y desgraciado.
Corolario: el amor es un abismo
de luz y sombra, poesía y prosa,
y en donde se hace la más cara cosa
que es reír y llorar a un tiempo mismo.
Lo peor, lo más terrible,
es que vivir sin él es imposible.

La Intimidad

Para el alma enamorada, la intimidad se abre paso a paso
La vida se muestra gentil y significativa…
En lo más pequeño, en lo más discreto, allí se construye la intimidad
En el corazón de la vena más secreta,
En el interior del producto más distante,
En la vibración muy discreta,
En la concha espiral y resonante,
En la capa más profunda de pintura,
En la vena que en el cuerpo más nos sonde,
En la palabra que diga más blandura,
En la raíz que más baje, más esconda,
En el silencio más hondo de esta pausa,
Donde la vida se hizo eternidad,
Busco tu mano y descifro la causa
De querer y no creer, final, solo en la intimidad.

Amor

En el alma enamorada, es solo amor,
Es una exageración, una fuerza que no cabe en el sentido común,
en la normalidad de las cosas…
El amor se desborda.
Mujer, yo hubiera sido tu hijo, por beberte
la leche de los senos como de un manantial,
también por mirarte y sentirte a mi lado….
Quiero sentirte en mis venas.
Adorarte en los tristes momentos,
porque tu pasara sin pena al lado mío
y vas a salir, limpia de todo mal.
Cómo quisiera amarte, mujer, cómo sabría
amarte, como nadie supo jamás!
Y quiero morir y todavía amarte más.

Soy tu Esclava

Comienzo este poema invocándote,
y suplicando tu amor....
En realidad, estoy mostrando la lógica de que eres mi amo
Yo soy tu esclava, en la cual tus amas…
Es el verdadero amor dependiente y dominado.
Es un amor verdadero invierte los términos o, mejor
aún, los anula. Uno es en el otro y viceversa.
Esclava tuya, . Ámame. ¡Esclava tuya!
Soy contigo el fin más extenso del cielo,
y en él brota mi alma como una estrella fría.
Cuando de ti se alejan vuelven a mí a mis pasos.
Mi propio latigazo cae sobre mi vida.
Eres lo que está dentro de mí y está lejano.
Huyendo como un coro de nubes perseguidas.
Junto a mí, pero ¿dónde? Lejos, porque está lejos.
El eco de la voz más allá del silencio.
Y lo que en mi alma crece como la capa vegetal en los escombros.

Pensando en Ti

Cuando el alma se enamora, el pensamiento se vuelve
el lugar donde repasa sus sentimientos, las imágenes y
las sensaciones que le produce el ser amado…
Aquí pensando, en tus cabellos
que el mundo de la sombra envidiaría,
y puse un punto de mi vida en ellos
y quise yo soñar que tú eras mío.
Ando yo por la tierra con los ojos
atrevidos ¡oh, mi afán! a tanta altura
que en ira altiva o míseros sonrojos
encendidos la humana criatura.
Vivir. Sin saber morir….
buscándote, por todos lados,
Tu eres mi Ser, y mi alma,
y buscando sin fin, me muero.

Te he buscado

El amor a veces se escribe entre lágrimas,
Las lágrimas compartidas se vuelven en alivio
Te sana las heridas.
Días y noches te he buscado,
Sin encontrar el sitio en donde cantas
Te he buscado por todos lados
¿Te has perdido entre las lágrimas?
Noches tras noches te he buscado
Sin encontrar el sitio en donde lloras
Porque yo sé que estás llorando
Me basta con mirarme en un espejo
Para saber que estás llorando y me has llorado

Cúbreme con Amor

Quiero recordar mi experiencia amorosa
Que me llena de imágenes sensoriales
Las imágenes y sensuales que brotan
nuestro encuentro íntimo,
cercano, entre los amantes.
Cúbreme mí, amor, el cielo de la boca
con esa arrebatada espuma extrema,
que es jazmín del que sabe y del que quema,
brotado en punta de coral de roca.
Alóquemelo, amor, su sal, aloca
Tu lancinante aguda flor suprema,
Doblando su furor en la diadema
del mordiente clavel que la desboca.
¡Oh ceñido fluir, amor, oh bello
borbotar temperado de la nieve
por tan estrecha gruta en carne viva,
para mirar cómo tu fino cuello
se te resbala, amor, y se te llueve
de jazmines y estrellas de saliva!

Desnudándonos

Nos desnudamos tanto….
Hasta perder el sexo debajo de la cama,
Nos desnudamos tanto que las gentes juraban
Que habíamos muerto….
Te desnudé por dentro,
Te desordené tan hondo…
Que se extravió mi orgasmo.
Nos desnudamos tanto que olíamos a quemado,
Tantas veces que me besaba,
Con tanta fuerza y sabor…
Tu siempre volvía para escondernos en el olvido.

El Amor

El amor se mueve como una selva peligrosa,
Lucha por vencer sobre las trampas
Y las heridas que lo marcan.
El amor vence.
El amor, rodeado casi siempre por un antojo
De olvido, avanza resuelto hacia las trampas
Creadas para cazar osos con piel de leopardo
Y serpientes con plumaje de buitre.
Y el amor sobrevive a las heridas y pureza,
Voladora, la envidia de los venenosos.

Amor constante

Amor constante más allá de la muerte,
El amor es inquebrantable y trasciende
Son las fronteras mismas de la muerte.
Así nos lo hace saber en el siguiente soneto.
Cerrar podrá mis ojos la última
Sombra que me llevare el blanco día,
Y podrá desatar esta alma mía
Hora, a su afán ansioso lisonjera;
Mas no dé es otra parte en la ribera
Dejará la memoria, en donde ardía:
Nadar sabe mi llama el agua fría,
Perder el respeto a ley severa.
Alma, a quien todo un Dios prisión ha sido,
Venas, que humor a tanto fuego han dado,
Médulas, que han gloriosamente ardido,
Su cuerpo dejará, no su cuidado;
Serán ceniza, más tendrá sentido;
Polvo serán, más polvo enamorado.

Dos cuerpos

Las imágenes se acumulan para presentar a dos cuerpos
Los amantes, se ven frente a frente
son a veces dos sombras
en la noche es oscura.
Dos cuerpos frente a frente
son a veces dos piedras
en la noche fría.
Dos cuerpos frente a frente
son a veces raíces
en la noche tormentosa.
Dos cuerpos frente a frente
son a veces lluviosa
en la noche de relámpagos.
Dos cuerpos frente a frente
son dos seres que se encuentran
en un campo vacío.

Te desnudas

Nuestra intimidad amorosa con aire fresco y juguetón.
La complicidad relación entre dos amantes…
Son ajenos al cansancio mutuo,
Se vuelve en un juego renovado,
de ficciones alegres que dan sentido de los amantes.
Te desnudas igual que si estuvieras sola
De pronto descubres que estás conmigo.
¡Cómo te quiero entonces
entre las sábanas y el frío!
Te pones a coquetear como a un desconocido
Yo te hago el corte ceremonioso….
Pienso que soy tu esposo
Que me engañas conmigo.
Nos queremos entonces entre risas
¡De encontrarnos solos en el amor prohibido!

¡Qué risueño contacto...!,

El amante se entrega a las sensaciones
que en él produce el ser amado.
La imaginación se presenta como un recurso
qué vida la llama entre dos.
¡Qué risueño contacto el de tus ojos,
ligeros como palomas asustadas a la orilla del agua!
¡Qué rápido contacto el de tus ojos
con mi mirada!
¿Quién eres tú? ¡Qué importa!
A pesar de ti misma,
hay en tus ojos una breve palabra enigmática.
No quiero saberla. Me gustas
mirándome de lado, escondida, asustada.
Así puedo pensar que huyes de algo,
de mí o de ti, de nada,
de esas tentaciones que dicen que persiguen
a la mujer casada.

Pies hermosos

La mujer que tiene los pies hermosos
nunca podrá ser fea
mansa suele subirle la belleza
por pantorrillas y muslos
demorarse en el pubis
que siempre ha estado más allá de todo canon
rodear el ombligo como a uno de esos timbres
que si se les presiona tocan para elisa
reivindicar los lúbricos pezones a la espera
entre y abrí los labios sin producir saliva
y dejarse querer por los ojos espejo
la mujer que tiene los pies hermosos
sabe vagabundear por la tristeza.

Lo que Necesito

Al ser amante sufre en la necesidad del otro.
Está ansioso, expectante. Requiere la voz,
la imagen, la palabra del ser amado
para no desfallecer. La ausencia del ser
amado es como una muerte.
No sabes cómo necesito tu voz; necesito tus miradas
aquellas palabras que siempre me llenaban,
necesito tu paz interior; necesito la luz de tus labios
!!! ¡¡¡Ya no puedo... seguir así!!!
...Ya... No puedo mi mente no quiere pensar
no puede pensar nada más que en ti.
Necesito la flor de tus manos aquella paciencia de todos tus actos
con aquella justicia que me inspiras
para lo que siempre fue mi espina
mi fuente de vida se ha secado con la fuerza del olvido...
me estoy quemando; aquello que necesito ya lo he encontrado
pero aun!!! ¡¡¡Te sigo extrañando!!!

Los Ojos

Hay muchos ojos que miran, otros que sueñan,
Hay ojos que te llaman y otros que esperan,
Hay ojos que ríen con risa placentera,
Hay ojos que lloran con llanto de pena,
unos hacia adentro y otros hacia fuera.
Son como las flores que cría la tierra.
Tus ojos azules, mi eterno amor,
Los que están haciendo, mi mano que hierba,
me miran, me sueñan, me llaman y me esperan,
Se ríen con risa placentera,
Se lloran con llanto de pena,
Desde adentro, y desde afuera.
En tus ojos nací, y tus ojos me crean,
Yo vivo en tus ojos y en tus ojos muero.

Desnúdame

Mis párpados y mis mejillas,
Me las desnuda a besos
La unión de dos amantes te espera
Mi cuello va a hacer abordado;
por tus labios
Despacio tu recorre mis hombros,
Y ahora que abro los ojos,
No te veo quiero mirarte
Pero no te veo…

Estropeada

Despiértame así, con el cuerpo estropeado
Con ganas removerme
Con la promesa de tu vuelta
Con la esencia de nuestros deseos,
Con el hueco de tu sonrisa
Con tu pena desatendida,
Con la abundancia de nuestras agonías
Después, sabré saborear la soledad de mis horas,
Esas que no entienden de relojes,
Sabiendo que conservo dentro de mi
Todos tus recuerdos

Voltéame Tu Desierto

Destrózame mi cintura con la espalda de tu montura
Abre mi espalda, a beso limpio
Arranca y no me sueltes nunca,
Así mi amor todos mis silencios
Lléname de ti, rellena cada parte de mi cuerpo
Con la insistencia de tu Lengua

Enriza Mi Pecho

Enrízame en tu pecho, con cada latido
Siembra entre tus brazos este amor deseoso
Abonada en tus caricias
Juega con mi dulce amor, endulza mi cuerpo con tu boca
Baña con mis manos tu tronco de hombre, que es sólo mío
Quiero nacer en ti cada noche revueltos en tu cama,
Quiero germinar contigo cada una de todas mis madrugadas
Envolverme con tu sonrisa,
hasta que desaparezca tu tristeza
esto es una historia de amor,
Esta es nuestra historia, hecha sangre y dolor

¿Quién Eres?

Eres la porción de ti en mí, en el hueco
que no alcanzan a cubrir nuestros cuerpos,
enterrados en una mezcla de abrazos
La infinita arruga formada en la sábana de nuestra piel,
la desparramada cortina que flota divagando
entre gemidos de animal herido
La luz del despertador que parpadea
guiñándole a la enamoradiza muerte,
una gota de sudor descalza que se estampa en el suelo,
se posa en mis pies y se evapora
La misma madera forjada en alabastros confitada
con olor a canela y hierbabuena,
el pestillo herrumbroso de viejas argucias,
la mota de polvo que se deshilacha en miles de lucecitas
flotando, inmóviles en la gravedad de un tenue reflejo
El cuadro que pende en la cabecera;

sinuoso y reptil colgante de tulipanes abrazados
La comisura en la rendija del vitral que deja escapar
fluctuantes vaivenes de luz:
ópalos blancos que se estrellan contra la pared
El estrecho colchón que chilla su inestable existencia,
el candil eléctrico que proyecta sombras chinescas y esparto
Eres el habitáculo mismo donde, condesado de partículas tuyas,
transcurre la alquimia de nuestros cuerpos

Quiero tu Cuerpo

Quiero tu cuerpo, tu suave piel
resbalando en la mía. Tu piel,
El mapa memorizado en sal
Quiero ese pálpito lingual en mi grande
halagando pierna dentro…
Ritual-despertador de nuestros instintos,
saliva compartida, efluvios unísonos.
Quiero tu sencilla desnudez,
la decadencia de alientos,
nuestras miradas perdidas que se buscan,
tu cabeza reclinada hacia mí,
la fragilidad de esa ascensión momentánea
que nos traslada al cuerpo del otro
donde morimos, otra vez, en vida,
donde vivimos un instante, en muerte

Solo Recuerdos

Aún recuerdo cuando tus dedos impacientes,
jugaban con mis pechos,
provocando un bombazo de humedad
en ese lugar cálido y ardiente de mi intimidad.
Me recuerdo cuando las palmas de tus manos
inquietamente descendían al huerto del deseo,
buscando tu boca beber la miel de ese pequeño
charco donde se perdían tus labios
tu lengua inquieta hasta ahogar la fuerza de tu interior,
hundirse en hormigueros de placer y gemidos de pasión,
muriendo poco a poco, piel a piel, en el eterno abrazo
De nuestro amor prohibido…

Mientras Llueve

Mientras llueve, evoco tu cuerpo ya florecido
Aunque a cántaros el cielo llora, mi alucinación
aún no ha vencido…
Las gotas que la tierra desprecian
Es la fuente que habita en tu boca
Son la que riega tus campos ya fértiles
El rumor del río parándose en tu corazón
En el monte de tu cintura ya crecidos
Las gotas de lluvia que se corren por tu pecho
Manantiales deliciosos nacen de tu vientre
Mientras llueve te adoro y navego en silencio

El Adiós

Cuando se ama de verdad, basta con una mirada para
saber cuánto se desea estar con esa persona.
¿Pero qué pasa cuando ese brillo se apaga? ¿Cuándo
vez que poco a poco se va apagando?
No resta más que decir adiós gritando en silencio
Se aleja con una sonrisa en el rostro, para que las
personas a tu alrededor te vean, sonrían y digan:
Ahí va una persona que supo disfrutar las mieles
del amor, pero que sabe decir adiós.
Así podrás seguir caminando por la vida con una sonrisa
en tus labios, con la seguridad y tranquilidad que todo
estuvo, está y estará bien en la vida de uno al otro…

Amarte Simbólicamente

Me gusta amarte simbólicamente porque así te puedo amar en
la eternidad, lugar predilecto para mi amor que es infinito.
Me gusta amarte simbólicamente porque así dejo de formar
parte de la especie humana y me transformo en algo superior,
lo que tengo para ofrecerte es inhumano, por eso lo mejor sería
convertirme en un dios o en un ser potente y distinto.
Me encanta amarte simbólicamente porque así,
en vez de regalarte rosas, te doy luceros.
En vez de invitarte a la mejor playa y que te bañes en
el mar, puedo llevarte a ver constelaciones, que son
tan maravillosas que no caben en este mundo.
Me encanta amarte simbólicamente porque así puedo estar activo,
amándote, mimándote, cuidándote en todos y cada segundo.
Me fascina amarte metafóricamente porque cada vez
que estoy en tu presencia, muero, estoy de pie más
firme que nunca, pero muerto de placer.
Puedo estar débil, pero me abrazas y me das energía.
Puedo estar triste, pero me besas y me das alegría.
Puedo estar moribundo, que siempre me haces
resucitar con tu mágico poder….

Falleciendo

La distancia de tus labios y lapida mis ojos,
Enterrando tu mirada en mi agonía desolada.
Mi triste agonía Aumenta cada día,
Al no saber el final de nuestros días inciertos.
La agonía de no verte marca mi muerte,
Cada vez que te pienso muero al no tenerte.
Mi corazón macizo agoniza sin pausa,
Buscando la causa a este juego agonizado.
Al final del tiempo escucho tu voz,
Mi ser se emociona llamando al día cero.

Te Amare

Tú vendrás desnuda con los brazos abiertos
Yo apoyaré sobre tus pechos mi cabeza
Tú dirás las palabras que espero
Yo cantaré dulces endechas
Tú prometerás mares y valles y cumbres de montañas
Yo seré el padre de tus hijos
Tú brillarás como el relámpago
Yo me haré estrella
Tú serás mi novia, más linda que todas las novias
Yo cantaré canciones de Jorge Ben
Tú tendrás cabellos largos
Yo trenzaré los míos
Tú querrás una casa en el campo
Yo construiré una cabaña junto al río
Tú te vestirás a veces con todos los colores del Iris
Yo te amaré siempre

Árbol Otoñal

Caen hojas derrumbadas
Mueren flores marchitadas;
que se alargue la noche y se acorte el día;
cada hoja es felicidad para mí
mientras se agita en su árbol otoñal.
Sonreiré cuando estemos rodeados de nieve;
floreceré donde las rosas deberían crecer;
cantará cuando la putrefacción de la noche
se acomode en un día sombrío.
Cuando dices me, amada, que nunca te miraron
con grado los hombres, ni hizo caso la madre
de ti, hasta que en silencio una mujer te hiciste,
lo dudo y me complace imaginarte rara,
que asimismo a la vid faltan color y forma,
cuando ya la frambuesa a dioses y hombres seduce.

Te Fuiste

Siento que fue solo ayer cuando te habías ido, quizá lo esperaba, pero muy dentro de mí, ¡quería creer!… ¡Quería tener fe y esperanza de que no sucediera!…

Tú y yo siempre solos… Nuestra familia
y amistades nos abandonaron,

Hoy, te confieso que tenía un miedo espantoso… La espera de saber de ti era perpetua…Cuando entre a tu cuarto creía que estaba dormido. Los minutos me parecían más lentos que de rutina…

Yo llame los paramédico para que te examinaran…

No podía creer lo que había escuchado… _ ¡"Acaba de morir tu papá"! _ y silencio… Hasta ese momento no sabía cuánto te quería… Cuanto te admiraba, no imaginé llorar tanto como lo hice por ti, ni con tanto sentimiento… Jamás imaginé lo significativo que eras en mi vida…

Llegaban toda clase de recuerdos a mi cabeza, con un montón de sentimientos encontrados…

Mis lágrimas y un nudo en la garganta no me permitían gritar, y desahogarme… Creo que, hasta la fecha, sigo sin poder hacerlo… Te habías ido, me habías abandonado…

Eran la 6:30 am del 28 de marzo 2020… yo fui a tu cuarto te pregunté… ¿Cómo estabas?, me sorprendiste realmente cuando tú no respondiste.

Yo esperaba que me contestara, que estabas muy contento, porque todo está bien…

Pero no fui así… Te fuiste y me dejaste sola…

En mi mente ya sabía que te habías ido pero mi corazón aún necesita tiempo para saber y aceptar que partiste… Era la segunda vez que estaría en un velorio, primero mi madre y ahora tu.

Yo tenía mucho miedo…

Me preguntaba entonces ¿cuál sería la magnitud de todo esto?, ¿Quiénes estarán? ¿Gritarían? ¿Habría desmayados? ¿Habría gente en el velorio? sentía un nudo en el estómago solo de pensarlo…

Quería que el tiempo se detuviera, para no sentir nada, solo recordar tu imagen y tus abrazos cálido.

Que extraño fue al llegar al velorio, siempre creí que en esas circunstancias todos vestirían de negro, aquí no….

Nadie lloraba, ni gritaban, no escuchaban a nadie.

Todo estaba tranquilo, Había una calma total… En la misa de cuerpo presente el padre hablo hermoso de ti, habló de la gente que siempre ayudabas, de tu bondad, de tu alegría, del tiempo que siempre tenías dispuesto para los demás, de tus ocurrencias, y tu sentido del humor, de tu enorme corazón, de tu amor por tus semejantes, y especialmente de tu fe…

Nos contó cómo te quisiste confesar un día antes de tu partida, porque estabas plenamente consciente y seguro de que el tiempo concedido había llegado a su fin, de que nuestro Padre Celestial había tocado a tu puerta para que partieras hacia él…

El sacerdote también dijo que lo dejaste sin habla, porque era evidente que te encontrabas ya muy cansado… aún en esas condiciones dijiste a Dios, "Hágase tu voluntad"

¡Solo cuatro personas fueron a darte el último adiós!… Y fue ahí donde yo no pude contenerme más, mis lágrimas recorrían no solo mi rostro, sino mi corazón y mi cuerpo entero, me dolía el alma, el espíritu, hasta la punta del cabello…

No estaban tus hijos, tus nietos, nueras, yernos, y ni todos tus amigos…

¡Cuánto me dolió darte el adiós frente a una caja con tus medallas en tu uniforme de soldado, que te puse… pero tu rostro estaba en paz!…

Hubiera querido repetirte una vez más cuanto te quería, hubiera querido abrazarte y sentir tu cuerpo calientito, y esa paz que siempre,

Difundías al contacto contigo, esas palabras de amor que siempre tenías durante el abrazo, y ese no sé qué, que hacía …

El momento más doloroso fue ver a mi amado amigo, Paul, recoger con la pala la tierra que cubriría para siempre tu rostro, y tu cuerpo, ese sonido que hacía la pala al contacto con la arena, jamás lo olvidaré, eran como rasgar una y otra vez el alma, hasta que el corazón quedara hecho pedacitos, de tanto dolor, en ese momento yo lloraba…

¿Qué la muerte es el principio de la vida eterna? "Jesús le dijo: -Yo soy la resurrección y la vida. El que cree en mí, aunque muera, vivirá. Y todo aquel que vive y cree en mí, no morirá para siempre.

En resume, tu fuiste un hijo, esposo, padre, suegro, abuelo, hermano, amigo consejero, ¡maravilloso! Nadie estaba ahí…

No había palabras que pudieran aliviar el dolor que yo sentía…

Ya han pasado tres años, y aún prevalece el dolor, solo queda resignarme y acordarme que algún día nuevamente nos volveremos a encontrar…

Nunca te olvidare, padre querido….

Mi Isla

Isla del encanto
así la llamo yo,
por ser la más hermosa
que ha creado Dios.
He recorrido el mundo,
he estado en lugares desconocidos
pero jamás vi algo,
como la isla de Puerto Rico.
Por sus ríos y playas,
valles y montañas,
sus rincones y bosques,
el cantar del coquí
Son cosas muy hermosas
que se encuentran aquí,
por eso es por lo que esta isla
la llevo dentro de mí.

Te Extraños

Extraños los colores y que formas con tu ausencia
A veces se ve negra, gris, multicolor, roja, blanca y dorada
En la negra noche llega oculta y agarra mi sexo
y lo devora…
En los días grises se pone su traje de nostalgia
En los de arcoíris, baila el son del recuerdo alegre
Son caprichoso los tonos y formas como tú
Sin decirte nada, lloro y se pone todo en luto
Y en el rojo atardecer, le invaden los recuerdos
Toma también lo blanco de mi piel y deseo ser tocada
Y sueño, permanente el dorado día de nuestro reencuentro

Quisiera Amarte

Quisiera amarte como una gata joven
Sin noción del final y principio de los tic tac del reloj
Durmiendo con descaro y pereza a tu lado
Con mi mente en blanco sobre tu blanca alma
Mientras la brisa de mar nos desnuda en el sol
Quisiera amarte pues como una gata joven
Con nuestros ojos vivos y despiertos
Curioseándonos entre las cosas del mundo
Para luego cazarnos en conexión con nuestro instinto
Inocentes primeros y primarios
Sin miedo de perdernos
Siempre con la sorpresa de encontrarnos

Enamora a tu Hombre

Imagino tu mano sobre mi mano,
paseando miradas y caminando mi amor,
imagino mis sueños, siempre en tus sueños
rindiéndome ante tus pasiones,
sucumbiendo ante sin resistirme,
imagino tus besos, tu sabor, tus placeres
me imagino,
y me muero por amarte,
porque te amo.

Y yo sigo gozando de placer…
Recorre mi Cuerpo

Recorre mi cuerpo desnudo
mientras alguien nos observa.
Tu penetra mis entrañas.
El aire sopla allá fuera muy fuerte.
Siento tu líquido caliente y espeso sobre mi espalda….
Es tu semen delicioso,
escúrrelo sobre mi rostro,
mientras yo sonrío de placer...
Estoy feliz.
Me derrumbo en tu cama.
Aparecen sombras de la noche en nuestros cuerpos.
Me besas con mucha fuerza.
Alguien nos sigue observando a través de las ventanas.
El viento sigue soplando…
Nos quedamos quietos.
La oscuridad desaparece,

Exploración

Entra entre mis piernas
para probar, con desesperación,
el néctar dulce de mi sexo.
Mis pezones lucen erectos
mientras tus manos acarician mis senos.
Moja mi vientre con tu saliva,
mis líquidos vaginales escurren
por todo tu rostro.
Penetras tu dedo hasta mi clítoris;
Yo, extasiada de placer, muerdo mi labio:
sangre aparece por mi boca.
Nos abrazamos,
Mi lengua, con la tuya juegan,
la saliva y tu semen, pide un descanso.
Nos miramos fijamente.
El sudor escurre por nuestras espaldas.
Entre mi semen, mis líquidos y la noche,
guardamos nuestra pasión….

La Búsqueda

Desde la pureza estoy pasando por todos los ismos
estoy navegando en aguas tormentosas como buscando un fantasma.
Entre tinieblas naufrago en la búsqueda del puerto espantoso
que refleje mi identidad natural
pues me busco a mí misma...
sin jamás encontrarme
cual marino en el desierto
como halcón rociado
como letra sin libreta
como el verso sin estrofa
así continuo mi búsqueda…

Nada de Amor

Me encuentro con el vacío en la soledad
bajo esta pasión obscura del deseo.
Tantos ardientes besos,
se pierden entre una frialdad
inmortal de tu cuerpo.
Lamentos ignorar tu amor
brotan profusamente deseando amor

Deseándote

Mi sangre fluye como si me importara.
Mientras mi sexualidad duerme entre manos heladas
un futuro lindo con cada respiro,
solo quiero tus abrazos y tu desprecias
quizás soy una más en tu vida
Te deseo tanto…pero no te importo

Provócame

Percibir en tu beso y conóceme en tu boca
contágiame el deseo perturbarme de ti
Calienta tus caricias en pieles escamosas
de posos pareceres que tengo por escudo
Y guárdame con tus besos muy dentro de estos labios
que claman por tus besos con una voz armada.
Ven serenamente y siémbrame mis senos
y fúndeme mis muslos entrégate a mi amor
ven amado yo quiero que entre en mis jardines
quiero que siembre con los jazmines
que solo guardo para ti

Pienso Ti

Simplificado el corazón, pienso en ti,
ante la luz de un nuevo día.
Cosquilleo el botón de dicha, está en sazón.
Y se muere un sentimiento antiguo
degenerado en juicio.
Pienso en tu sexo, excavación más fértil
y armonioso que el vientre de la sombra,
aunque la muerte piensa y pare de Dios mismo.
Oh Conciencia, como pienso, si, en ti…
Cuando gozas donde quiere, donde puede.
Oh que escándalo de tu miel cuando oscureceres.

Nuestros Cuerpos

Solo dos cuerpos frente a frente son como dos olas …
La noche es solo un gran océano que nos rodea.
Nuestros cuerpos frente a frente
son dos piedras en la noche en un desierto.
Nuestros cuerpos frente a frente son a las raíces
en la noche enlazadas.
Nuestros cuerpos frente a frente son navajas
en la noche de relámpago.
Nuestros cuerpos frente a frente son dos astros que caen
en un cielo vacío….

La Casada

Él se la llevó al río…. creyendo que era joven e inocente,
pero ella, tenía marido.
Fue la noche de San Juan y casi por encargo.
Se apagaron las luces y se encendieron los deseos.
Con tanto deseo por ese hermoso cuerpo,
No podía resistir y toqué sus pechos dormidos,
y se me abrieron de pronto con mucho fuego.
El almidón de su traje me sonaba en el oído,
Era como una pieza de seda cortada por tijeras.
Sin luz de plata en sus copas los árboles se han movido,
y una distancia los perros ladran muy lejos del río.
Pasamos la noche en el río Frio,
Yo me quité mi ropa, y ella se quitó su vestido.
Sus muslos se me escapaban como peces sorprendidos,
la mitad llenos de luz, la mitad llenos de frío.
Aquella noche corrimos el mejor de los caminos,
montado como potra en fuego…

No quiero decir, por hombre, las cosas que ella me dijo.
La luz del entendimiento me hace ser muy cortés.
Sucia de besos y arena yo me la llevé del río.
Con el aire se golpeaban las espadas de los lirios.
Le regalé un estuche grande de simple amarillo,
y no quise enamorarme porque ella, tiene marido
me dijo que era joven e inocente cuando la lleve al río….

La Bella

Era la más pérfida belleza
hasta el misterio de la carne desarmada
Un ciego conectar a la vida
En medio de secretas humedades
Quiero aparentar su cintura hermosa,
O tal vez demonio cómplice de un ángel comelón y triste
Un desangrarse y un encadenarse
Solo un agonizar feroz....
Entre la luz imprecisa y virgen de un eclipse
cierra los labios y ojos
Pero abre su extraviada flor riquezas....

El Fugitivo

El frote breve, de un fugitivo
Es como las alas de las mariposas
Que hizo arder el aire en un instante
entre su cuerpo y el mío.
El universo solo ocultó mis ojos
y se encerró en un latido.
Su mirada, se volvió en un mar intenso
y sus olas mecieron mis deseos.
Para siempre, un instante,
Que ninguna muerte extinguirá,
Mientras nos amemos,
seré siempre, tu fugitivo…

Solo Amantes

Una flor no lejos en la noche
mi cuerpo mudo se abre…
a la delicada urgencia del rocío.
Rodando a gota a gota…
a espesos goterones de mermelada y sangre,
de tu amor prohibido….
Rodando a goterones, cae el agua, en esta noche fría…
como una espada en gotas,
Así es nuestro amor…pero solo somos Amantes
como un desgarrador río de vidrio, que cae mordiendo,
golpeando el eje de la simetría, pegando en las costuras del alma,
rompiendo cosas abandonadas, empapando nuestro deseo.
Pero solo somos amantes…

-

Tu cuerpo

Yo, mientras llueve evoco tu cuerpo ya florecido….
Aunque el cielo llore mi ilusión aún no ha vencido
Las gotas que la tierra deshonran
Es la fuente que habita en tu boca
La que riega tus campos ya fértiles por el deseo.
El murmullo del río parándose en tu corazón
En el monte de tu cintura ya crecidos….
Gotas de lluvia que se deslizan por tu pecho
Nacimientos deliciosos brotan de tu pubis
Mientras llueve, yo adoro navegar en tu silencio

Solo una Mirada

Quiero una de tus miradas,
para enmarcarla con mis recuerdos,
para enterrarla en mis tesoros,
quiero todas tus miradas,
para saber que me amas,
para vibrar al son de tus ojos,
y no dejar de amarte.

Tu Pasión

Noche de pasión, día de sentimientos,
Alegras siempre mi sonrisa,
Siempre cuidas mi gozo,
Llenas mi sueño, vacías mi tristeza,
Mi noche de ti, mi día para ti
Eres pasión, mi dulce pasión,
Eres querer, mi eterno querer,
Mis noches para amarte,
Mis días para admirarte…

Te Invito

Te invito a entrar a mi vida,
quiero escuchar tus dulce palabras
en mi habitación…
tus suspiros en mi cama.
Déjame apagar esas ansias en tu cuerpo,
quiero arrebatar con tu desnudez;
beber de tu fuente… comer de tu mesa.
Quiero que mis manos recorran cada parte de tu piel,
que mis besos y caricias te colmen;
quiero despertar el deseo en ti.
Te invito a entrar a mi vida,
quiero ser el que te excite tu placer,
el que te arranque suspiros…
el que toque tu alma tus ansias de mujer.

Que Invidia

Envidio esas manos que acarician tu cuerpo,
porque pueden subir por tus hombros y cuello
con divinas caricias y enredarse en tu pelo.
Se que pueden tocar los lugares más tiernos,
y pueden sentir la delicia en tus senos
sé que pueden bajar por tu abdomen perfecto
y llegar al rincón de verdad exquisito
y brindarte la gloria del placer infinito.
Porque sé de antemano lo lejana que estás,
no puedo evitar... Por eso, invidio esas manos…

¿Quién soy?

Soy la muchacha mala de la historia,
la que juega con los hombres
y le sacó cuernos a su marido.
Soy esa mujer,
La que lo engañó diariamente
por un miserable plato de comida,
la que le quitó lentamente su traje de bondad
hasta convertirlo en una piedra
negra y estéril,
Soy esa mujer
La que lo castró
con infinitos gestos de ternura
y gemidos falsos en la cama.
Soy esa mujer
la muchacha mala de esta historia…

Te Besaré

Te besaré largamente
mi bestia suelta en el interior de tus sentidos
siempre amándote en tus entrañas como fragmentos de luz
Te besaré
Atravesaré tu cielo me encarcelaré en tus ramas
y circularé en tus líquidos
brotaré de la yema de la corteza de tu tronco
me alimentaré de tu jardín….
Tu voz en las alturas
y los campos inmensos
como tú siempre lo pensaste…
Tus bestias sueltas en el interior de mis sentidos
amándome en mis entrañas
como certeza…
como fruto y como señal de territorio
Tu voz en las alturas
y los campos inmensos
Bajo el cielo tierra

Me Desnudo

Me voy a desnudar y
Mostrarte el Gran Miedo de no llegar
a la toma de la libertad.
Me dejo tocar por ti, en las calles
Frente de todos y semidesnuda…
Dominas alguna parte infinita de mi orgasmo
Y una vez más tu sexo afilado está aquí
abriéndome los labios….

Mis Sentimientos

Mis sentimientos para querer,
como la luna quiere el mar,
como el mar posee tu piel,
la pasión de sentirte,
como la tierra siente tus pies,
como el aire me llena de tus caricias,
como yo suspiro por tenerte a mi lado…

Falleciendo

La distancia de tus labios que maltrata mis ojos,
Y enterrando tu mirada en mi agonía desolada.
Mi agonía triste que aumenta cada día,
Por no saber el final de los días inseguros.
La agonía de no verte que marca mi muerte,
Cada vez que te pienso, me muero al no tenerte.
Mi corazón sólido y agoniza sin pausa,
Buscando la causa a este juego agonizado.
Al final del tiempo, yo escucho tu voz,
Yo, me emociono y comienzo a llamar el
día cero.

Tiempo Inmortal

Es tiempo inmortal el amor en la adolescencia
es alegría, dolor locura e inocencia
Largas noches sin dormir, agitación hormonal
Deseos y ansias de caricias sueños y comportamiento anormal
El tiempo pasa deprisa, el amor acaba de comenzar
veamos cuánto dura porque me he vuelto a enamorar
Este amor durará años
No quiero tener desengaños
porque tú eres especial
Serán estos tiempos de bonanza
con mi amor adolescente
contigo tengo la esperanza
y creo que durará eternamente.

Tú mi Primer Amor

No sé cómo decírtelo, pero quiero que seas sincero
tú eres mi primer amor y me dirás siempre la verdad
Deseo eliminar todos mis miedos de que un día sea engañada
porque quiero que me beses, pero no ser abandonada.
Sé que no es tan solo un sueño
que quieres acariciar mis dedos
pero me amas tanto…
que de mi amor serás dueño.
Quiero olvidar mi pasado
y contigo comenzar de nuevo
aunque somos muy jóvenes
creo que somos el uno al otro.
Ven conmigo para estar juntos
que nuestra adolescencia se acaba
más nuestro amor comienza
y nuestros corazones se aman.

Son Mis deseos

Tienes la culpa de mi deseo,
posees la intriga de mis sentimientos,
eres dueño de todas mis pasiones,
eres plena de los sueños de querernos,
eres señor de cada uno de mis placeres,
y no lucho, no me resisto
Para qué, si contigo soy feliz…

Te Quiero

Cada día te quiero más,
un día te respeto,
otro te admiro,
otro te sueño
pero siempre te quiero,
porque amanecer es quererte,
y estar sin ti, será mi muerte.

Entra en mi Vida

Ven, te invito a entres en mi vida,
Yo quiero escuchar tu suave melodía
de tu voz en mi habitación…
tus suspiros en mi cama.
Déjame apagar estas ansias en mi cuerpo,
quiero arrebatar tu desnudez;
beber de tu fuente… comer de tu mesa.
Quiero que tus manos recorran cada parte de mi piel,
que tus besos y caricias me colmen…
quiero despertar el deseo que mora en ti.
Ven, te invito a entrar en mi vida,
quiero ser la que te provoque placer,
la que te arranque tus suspiros…
la que mate el hambre tu deseo de hombre….

Tu Cuerpo

Recorrer un cuerpo en su extensión de vela
es dar la vuelta al mundo
Atravesar sin brújula la rosa de los vientos
islas golfos penínsulas diques de aguas embravecidas
no es tarea fácil -si placentera-
No creas hacerlo en un día o noche
de sábanas explayadas.
Hay secretos en los poros para llenar muchas lunas
El cuerpo es carta astral en lenguaje cifrado.
Encuentras un astro y quizá deberás empezar
a corregir el rumbo cuando nube huracán
o aullido profundo te pongan estremecimientos
Cuenco de la mano que no sospechaste
Repasa muchas veces una extensión
Encuentra el lago de los nenúfares
Acaricia con tu ancla el centro del lirio
Sumérgete ahógate distiéndete
No te niegues el olor la sal el azúcar

Los vientos profundos
cúmulos nimbus de los pulmones
niebla en el cerebro
temblor de las piernas
maremoto adormecido de los besos
Instálate en el humus sin miedo
al desgaste sin prisa

No quieras alcanzar la cima
Retrasa la puerta del paraíso
Acuna tu ángel caído
revuélvele la espesa cabellera
con la espada de fuego usurpada
Muerde la manzana
Huele si Duele
Intercambia miradas saliva impregnaste
Da vueltas imprime sollozos piel que se escurre
Pie hallazgo al final de la pierna
Persíguelo busca secreto del paso forma del talón
Arco del andar bahías formando arqueado caminar

Gústales

Escucha concha del oído como suspiro la humedad
Lóbulo que se acerca al labio sonido de la respiración
Poros que se alzan formando diminutas montañas
Sensación estremecida de piel insurrecta al tacto
Suave puente nuca desciende al mar pecho
Marea del corazón susúrrale encuentra la gruta del agua
Traspasa la tierra del fuego la buena esperanza
Navega loco en la articulación de los océanos
Cruza las algas ármate de corales aúlla clama
Emerge con la rama de olivo llora socavando ternuras ocultas
Desnudas miradas de asombro
Despeña el sextante desde lo alto de la pestaña
Dobla las cejas abre ventanas de la nariz
Aspira suspira, muérete un poco
Dulce lentamente muérete
Agoniza contra la pupila extiende el goce
Dobla el mástil hincha las velas Navega dobla hacia Venus
estrella de la mañana, -el mar como un vasto cristal azogado-
Duérmete náufrago.

Soñaba

Soñaba una niña que dormía
con un galán que amaba tiernamente,
y que en él todo andaba diligente
y descuido ninguno no tenía.
Ella, aunque mal, al fín, se resistía,
diciendo:" ¿Qué dirá de mí la gente?",
en efecto cumplió con su accidente,
dando los dos remates a su porfía.
El galán la besaba y la abrazaba
con más calor que un encendido leño;
lo dulce a derramar no comenzaba,
cuando se despertó, y le dijo al sueño:
"¿Durar un poco más, qué te costaba,
pues para mí era gusto no pequeño?"

Sombría de Seda Roja

Mis muslos, como la tarde,
van de la luz a la sombra.
Los azabaches recónditos
oscurecen tus magnolias.
Aquí estoy, mi amado.
Ven, consume con tu boca
y arrastra mi cabello
en madrugada de conchas.
Porque quiero y porque tú puedes.

Pienso en tu Amor

Simplificado el corazón, pienso en tu sexo,
ante el maduro del día.
Toco el botón de dicha, está en sazón.
Y muere un sentimiento antiguo
degenerado en sexo.
Pienso en tu sexo, excavación más fértil
y armonioso que el vientre de la sombra,
aunque la muerte concibe y pare
de Dios mismo.
Oh Conciencia,
pienso, si, en el bruto libre
que goza donde quiere, donde puede.
Oh escándalo de miel se oscureceres….

Tú me dices

Tú me dices que tienes los pechos
dominados de esperarme,
que te duelen los ojos de tenerlos vacíos de mi cuerpo,
que has perdido hasta el tacto de tus manos
de cosquillear esta ausencia por el aire,
que olvidas el tamaño caliente de mi boca.
Y tú me lo dices que sabes
que me hice sangre en las palabras de repetir tu nombre,
de golpear mis labios con la sed de tenerte,
de darle a mi memoria, registrándola a ciegas,
una nueva manera de rescatarte en mis besos
desde la ausencia en la que tú me gritas
que me estás esperando.
Y tú me lo dices que estás tan hecho
a este deshabitado ocio de mi carne
que apenas sí tu sombra se delata,
que apenas sí eres cierto
en esta oscuridad que la distancia pone entre tu cuerpo y el mío.

Pandémica

Porque no es la impaciencia de
La buscadora de orgasmo
quien me tira de cuerpo a otros cuerpos
a ser posiblemente jóvenes...
yo persigo también el dulce amor,
el tierno amor para dormir al lado
y que alegre mi cama al despertar
Me, cercano como un pájaro.
¡Si yo no puedo desnudarme nunca,
sí jamás he podido entrar en unos brazos
sin sentir -aunque sea nada más que un momento
igual deslumbramiento que a los veinte años!
Para saber de amor, para aprender,
haber estado sola es necesario.
Y es necesario en cuatrocientas noches
-con cuatrocientos cuerpos diferentes-
haber hecho el amor. Que sus misterios,
como dijo el poeta, son del alma,
pero un cuerpo es el libro en que se lee...

El Orgasmo

Escribir un poema se parece a un orgasmo…
Se mancha con la tinta como el semen,
Empreña también más en ocasiones.
Tardes hay, sin embargo,
en las que manoseo las palabras,
muerde mis senos y mis piernas,
me levanta las faldas con tus dedos,
me miras desde abajo,
me haces lo de siempre
ved, ¡no pasa nada!

Me Conoces

Conoces a la yo pacifico…
a la coqueta inofensiva,
diurna y musical.
Quién sabe cuándo salga
Mi maliciosa,
venenosa y rencorosa.
Pero sé que ambas te remueven
El sexo.

Habítame y Penétrame

Que sea tu sangre que una con mi sangre…
Tu boca entre mi boca.
Tu corazón agrande el mío hasta estallar…
Desgárrame con mucha fuerza…
Caigas entera en mis entrañas.
Anden tus manos en mis manos.
Tus pies caminen en mis pies, solo tus pies.
Árdeme, árdeme…
Cólmeme tu dulzura.
Báñeme tu saliva el paladar.
Estés en mí como está la madera en el árbol.
Que ya no puedo así, con esta sed
quemándome…
Con esta sed quemándome.

Rapándolo

Rapándolo yo estaba bien hermosa,
hasta el ombligo toda arremangada,
Tenía mis piernas muy abiertas, y asentada
en una silla ancha y espaciosa.
Mirándome yo estaba muy gozosa,
después que ya quedé muy bien rapada,
y él estaba, burlándose yo descuidada,
metió su dedo dentro de mi cosa.
Y como me remediaba mis caderas,
el usando anzuelo respondiendo,
un cierto gusto me dio fuego…

Porque te amo

Porque te amo; te voy a amar más cada día,
De esperar que no te espera que
Mi corazón pasa del frío al fuego.
Te quiero sólo porque es lo que me encanta;
Te odio profundamente, y odiar la curva a ti,
Y a la medida del cambio de mi amor para ti
Es que no nos vemos, pero te amo ciegamente.
Tal vez la luz de enero consumió mi corazón
Con su rayo cruel, robo mi clave de verdadera calma.
En esta parte de la historia yo soy la que muero,
Acuérdate que te amo y te seguiré amando

El amor

El amor que ella había buscado ha llegado
Llegó con mucha fuerza,
Ella no escuchó nada. Ella había pensado en
Como su príncipe llego a su lado:
En la dulce luz de la noche caen,
Ella lo encontró a su lado.
Ella había soñado con este momento
Que despertó su corazón
Encontró en su rostro la gracia familiar
De un amigo que conocía.
Ella había soñado llegada
Que conquisto su alma,
El trajo alivio calmo

Amor Perfecto

Te amo por una razón
Sé que con todos nuestros inicios vino
Con terminaciones y con muchas salidas
Nuestro amor poco a poco se fue desapareciendo
Pero nos quedamos juntos a través de fuertes pruebas
No importa cómo muchas veces una y otra vez
Un amor tan perfecto un amor tan verdadero
No moriría si algo puedo decir, "Nuestro amor es puro y dulce"
Estamos tan enamorados como cuando nos conocimos
Y para terminar te diré que nuestro amor es perfecto

Tus Dulces labios

Tus labios son como la azúcar,
Labios me esclavizan con su grandeza,
Tú eres tan tierno que cuando estamos juntos me hace deseosa
No te rías de mí porque solo digo la verdad
Me gusta escuchar tu voz me trae muchos recuerdos
Porque solo pienso en tus dulce labios
Labios de amor, labios de labios partiré
Con el pensamiento de tu dulzura,
Labios de fuego y labios de esperanza
Y de oro celestial.

Mi Adoración

Tantas cosas que te quiero decir y hacer,
Quiero abrazarte con mucha ternura.
Hemos pasado muchos momentos hermosos
Hemos compartido también triste situaciones,
Creo que somos una linda pareja mi amor.
El mundo es tuyo y mío,
Congelados juntos en un tiempo lejano.
Corro milla tras milla, a ver tu hermosa sonrisa mi amor.
Mi corazón es sólo para ti,
Siento como si nuestro amor es un sueño hecho realidad.
Tú eres como un ángel que has llegado desde el cielo…
Tú eres y serás siempre mi adoración

Mi Amado Esposo

De la mano siempre llevare a mi esposo
Caminaremos siempre juntos,
La gracia de Dios nos protegerá desde el cielo.
Agradezco cada día que me levanto
Que nos bendiga con todo su amor.
El sol de la mañana y el canto
De las aves que cantan nuestra canción.
En esta vida cuando estoy triste,
Dios es que me mantiene fuerte
Para siempre protegerte.
Eres las estrellas que iluminan mi cielo
En la oscuridad de la noche.
Eres el padre de mis hijos
Y el aire que me da vida.
Mi verdadero amigo de mi corazón,
Eres mi alma, mi amado esposo.

El Regalo de Dios

Un regalo de Dios para toda jovencita,
Tan fresco, tan nuevo que es el amor
La pasión que sentía por ti.
Te amaba tanto y dije sí
Al frente de Dios, yo fui bendecida
Con un galán de hombre
Con un corazón tan verdadero me dio su amor
Y una pasión que aún siento por ti durante mi embarazo
Lleve nuestro regalo de Dios por nueve meses
Yo soy muy afortunada tener un esposo como tu
Tú eres un padre maravilloso
Tu mi amor eres regalo de mi vida
Realmente eres una bendición enviada por Dios

Mi Primer Amor

Tú fuiste mi primer amor,
Que todavía hoy en día conservo.
Todavía eres tan galán como nos conocimos,
Y he aprendido a amarte cada día más
De muchas maneras diferente.
Te amo por tu atención y tu forma de ser.
Te amo por tu perfección,
Que sólo se pone mejor con cada día que pasa.
Te amo por tus besos,
Tus caricias y tu manera de amar.
Te amaba ayer, hoy y mañana también lo haré.
Te Prometo mi amor estar aquí para quedarme.
Te amo porque salvó y me dio esperanza.
Te Amo y te respeto. Quiero que sepas que realmente
Respeto ese acto de amor.
Recuerdo bien la primera vez que hicimos amor,
Eres un regalo de Dios.

Tu Eres Mi Canción

Si yo fuera sorda, pudiera sentir el sonido de la música
Y en sus vibraciones vienen a conocer
La sensación verdadera de su profundidad
Si yo fuera muda, pudiera hablar al mundo
Por medio del ritmo de su danza
Y la sonrisa en los ojos
Si yo fuera ciega, pudiera saborear
Los colores del arco iris
Junto a oír su discordante sonido
Como juntos chocan en un prisma de luz
Pie entre las flores se puede sentir
El dulce aroma de la rosa,
Su aroma se desplaza con el viento
Y se puede escuchar lo que siento
Olor a lo que vea o toque la luz que brilla
Abajo en mí de la noche contar contigo,

Como he tenido la suerte de sentir
El toque melodioso de otra alma que ama
Más que vida o saborear la dulce perfección
Del abrazo de esa persona su dulce aroma
Ha traído luz a mi mundo
Y sus tiernas caricias han llenado

Mi corazón de canción dentro de mis ojos
Que me agarro a ella
Y a su toque suave de su voz
Mi corazón en sus brazos que he conocido
La carcajada con su sonrisa y me da mucha paz

Alegre De Ser Tu Esposa

Teníamos apenas veinte años
Cuando nos casamos, y tu tan perfecto,
Lleno de vida y aventura.
Eras un chico, pero actuaba como un señor,
Me acuerdo cuando tenías dieciséis años fuiste mi novio,
Siempre estábamos juntos y aun en nuestros corazones.
A veces faltaba al trabajo para quedarme en casa contigo
Siempre pasábamos el tiempo junto;
Ya no quería estar sin ti.
Muchos decían que nos casamos tan joven,
Otros pensaban que no teníamos idea
De lo que estábamos haciendo.
Nuestras vidas eran simples,
Teníamos amor y entre sí,
Sabíamos que podíamos hacerlo sin duda.
Esperaba que el viernes por la noche,
A la mayor parte del tiempo
Estuviéramos sentados

Amarnos unos a otros.
Nos habíamos casado joven
Y estábamos en el buen camino
Al darnos cuenta poco después
De que yo sería una madre
Y tú un padre.

Yo veía como mi cuerpo cambiaba,
Pero tú me veía siempre más bella cada día.
Gracias, mi amor por estar a mi lado

Expresando Mi Amor

No sé todos los lenguajes del mundo.
Solo sé que existes muchas formas de decirte que te amo.
Te expreso mi amor en palabras y por mis actos.
Te prometo por siempre, y espero que tu sientas lo mismo
Tú eres el único amor para mí.
Deseo mantener y despertar a tu lado cada mañana
Para el resto de nuestras vidas.
Tu honestidad, tu amor y tu amistad
Es mi mayor placer.
Eres mi amor, mi esposo, mi mejor amigo
Es el mayor regalo que he recibido de Dios

Lo que es el Amor

Hay cosas que te encantaría escuchar
De una persona especial que la diga,
Pero no seas tan sordo para no oírlas
De aquella que las dice desde su corazón.
Nunca digas adiós si todavía lo quieres.
Nunca te des por vencida si sientes que
Puedes seguir luchando. Nunca le digas a
Una persona que ya no la amas si no puedes
Dejarla ir. El amor llega a aquel que espera, aunque lo
Hayan decepcionado, aquel que aún cree,
Aunque haya sido traicionado.
Aquella que todavía necesite amar, aunque antes
Haya sido lastimada, y a aquella que tiene el coraje
Y la fe para construir la confianza de nuevo.
El principio del amor es dejar que aquellos que
Conocemos son ellos mismos, y no tratarlos de
Voltear con nuestra propia imagen, porque
'Entonces sólo amaremos el reflejo de nosotros

Mismos en ellos. No vayas por el exterior, este te puede engañar,
No vayas por las riquezas, porque aún eso se pierde.
Ve por alguien que te haga sonreír, porque toma tan
Sólo una sonrisa para hacer que un día oscuro brille.
Espero que encuentres a aquella persona que te
Haga sonreír. Hay momentos en los que extrañas a una persona
Tanto que quieres sacarlo de tus sueños

Y abrazarlos con todas tus fuerzas.
Espero que sueñes con ese alguien especial,
Sueña lo que quieras soñar; Ve a donde quieras ir;
Sé lo que quieras ser; Porque tienes tan solo una
Vida y una oportunidad para hacerlo todo

Amor Sincero

Tantos momentos hermosos que pasamos juntos
Aunque te fuiste hace muchos años,
Tu amor está presente dentro de mí.
Te veo en cada persona que pasa por mi camino,
Tú me enseñaste muchos valores que nunca olvidare
Tu dulce mirada que parecía estar
Endulzada con miel, siempre la recordare.
Yo nunca te olvidare,
Todo el tiempo te he tenido en mi corazón
Te amare siempre...

Vivir para Amarte

Mi amor, quiero sentir tus caricias,
Quiero sentirte siempre a mi lado,
Quiero sentir tu mirada,
Sé que me estoy enloqueciendo...
Porque solo pienso en ti
Siempre quiero sentir que tu boca es mi boca,
Quiero sentir que tu alma es mi gran regalo.
Quiero sentir que existes...
Quiero siempre vivir para amarte.

Mi Destino

Siempre supe que yo era para ti
Ya estaba escrito mi destino
Algunas veces hemos oído hablar
De que nuestro destino está escrito
Y aunque realmente no lo está,
Parece que es así.
Casi siempre, suceden muchas cosas
Que están relacionadas con nuestro destino
Siempre nos aferramos a él pasado
Que no lo podemos cambiar.
Ciertamente, no se puede.

Cuando te Conocí

El día en que entraste en mi vida
El sol me hizo brillar,
Antes, todo estaba oscuro
Y de repente, tú iluminaste mi vida
Yo sonreí porque finalmente,
Mi corazón está feliz,
Desde el principio, yo sabía que tú me quería
Y por siempre estaremos juntos.

Por tu Amor

Despojarme de toda mi necesidad,
Ocultarme en la piel de tus deseos;
Hoy me voy a abandonar,
Me entregare por completo
A la dicha gloriosa de ser feliz en tu felicidad.
Si aspiras con desvelo la pureza del compromiso,
Ofrezco algo más noble que un millón de promesas:
Este inseparable deseo, puro en su esencia divina,
Origen infinito de todos mis sentidos;
Este íntimo deseo de compartir toda la vida,
Sólo contigo
Si acaso un sentimiento sincero nos esperas,
Abandona su búsqueda en las estrellas;
Recuéstate cómodamente en tu interior
Y hallarás los ecos de cada latido
De este incondicional corazón mío...
Que hace tiempo sólo late por tu amor

Sé Que Estás Aquí

Aunque ya no te veo con mis ojos,
Aunque ya no escuchemos tu voz,
Tú siempre ocuparas mi corazón,
Tus recuerdos viven en mí
Aunque no entiendo la razón
Por la que te fuiste al cielo,
Aunque quisiera estar contigo,
Sé que no puedo
Las lágrimas me visitan a diario,
Sé que algún día estaremos juntos mi amor

Noches Frías

Las noches están frías porque no te tengo a mi lado.
Ya no siento tus abrazos. Ya no siento tus besos.
Te fuiste de mi lado sin razón.
Te perdí para siempre sin ningún motivo.
Esta noche, me siento más sola que nunca.
Las noches están más oscuras sin ti.
Ya no tengo el calor de tu amor.
La luz de tu mirada no me alumbra.
Pero sé que estás feliz
Ahora estas en el cielo
El gran Poder te está cuidando
Ya no tienes dolor
Algún día estaremos juntos para siempre

Rompiendo el Silencio

Rompí el silencio con una palabra
Con tanta debilidad se detiene el tiempo
Y tú piensas que te estoy mintiendo
Mi mirada se pierde en tus secretos
En el tiempo, sin temor a fracasar
Yo trato de guardar este momento
No temo amarte, porque sé que tú me amas
Como alguien que lo apuesta todo
Sabiendo que lo va a perder
A mí no me importa el daño
Si, sé que es inevitable ser presa de tu
Sombra tus palabras y de tu sonrisa
Rompí el silencio con solo una palabra
Esa palabra es amor

Solamente Tú

Tú eres la luz de mi vida
Quien con solo una sonrisa
Y decir mi nombre
Cambiaste un día, mi vida
Nunca me arrepentiré de haberte conocido
No me arrepiento de haberte escogido
Solamente tú me haces feliz
Tú, mi amor, eres el único que me importa

Tanto Amor

Solo quedan partes de lo que fui
Me caen tantas lágrimas amargas
Me siento tan lejos de todo
Me estoy enfrentando a todo sola
Hace mucho tiempo
Qué ciento que ningún hombre
Me dice la verdad
Tengo la mente confundida
Pienso en el pasado
Para ver que hice mal
Para ver en que me equivoque
Di tanto amor sin recibir nada

Si recibo mucho amor me moriré
Porque no sé qué voy a hacer si lo recibo
No se decidir siempre mirando hacia atrás
Voy directo al desastre
Veo las señales...
Tanto amor me va a matar
No soy más que la sombra de lo que fui
Parece que no tengo salida
Tanto amor me mataría
Harás de mi vida una mentira
No sé si algún día lo tenía
Si, tanto amor me mataría

Te Estoy Perdiendo

Cada día que pasa, te estoy perdiendo.
No sé lo que me pasa....
Veo tu recuerdo a través de un sueño.
Siento que ya no me quieres....
No puedo seguir a tu lado...
Porque tú ya no me besas....
Tú ya no me acaricias.
Yo no quiero que finja....
Quiero decirte adiós......
Mi cariño era verdadero....
No va a hacer fácil olvidarte....
Pero lo tratare.......
Porque siento que
Te estoy Perdiendo

Tu Felicidad

Veras que yo soy la llave de tu felicidad
Veras que feliz es sentir mis besos y caricias
Tú nunca has tenido el amor que te ofrezco
Tú nunca has vivido AMOR VERDADERO
Tú tienes una vida vacía sin mi amor
Tú tienes una vida vacía sin mis caricias
No tienes a nadie que te toque
No tienes a nadie que te quiera
Yo estoy aquí ofreciéndote una vida alegre
Yo estoy aquí suplicándote que me quieras
Para que dejes de soñar
Yo te daré lo que mereces
TU FELICIDAD

Un Triste Pensamiento

Mi presencia se viste
De negra soledad.
Busco tu mirada
Cuando miro hacia el cielo
Estoy tratando de escapar
El infinito de esta soledad
Tú eres el único
Que me puedes rescatar
En las primeras horas del día,
Quisiera contigo estar
Bebiendo miel de tus labios...
Pero no estás aquí
Porque esto es solo un triste pensamiento.

Mis Sentimientos

Quiero explicarte lo que siento por ti....
Mis sentimientos son puros.......
Si pudiera encontrar una palabra....
Que te explique mis sentimientos….
Si con solo un beso te pudiera demostrar….
Todos mis sentimientos....
Si con solo un abrazo pudiera hacerte
Sentir todos mis sentimientos.
Nunca me cansaría de hablarte,
Besarte, ni abrazarte solo para que sientas...
Solo dame una oportunidad......
Y veras como son mis sentimientos....

No Pidas Lo Imposible

Podrás pedirme que acabe con
El hambre y la pobreza del mundo
Podrás pedirme que viaje hasta el infinito
Sin nave espacial
Podrás pedirme que en una noche estrellada
Me lleves de paseo a la luna
Podrás pedirme que haga detener los relojes
Para regresar a los tiempos felices...
Podrás pedirme que cruce los océanos nadando
Y los desiertos a pie
Podrás enloquecer incluso y pedirme
Que seas buena y humilde...
Pero, por favor, no me pidas
Nada imposible...

Por ejemplo, no me pidas
Que dejes de verte...
No me pidas
Que te dejes de llamarte
No me pidas
Que dejes de desearte
No me pidas
Que dejes de entenderte
No me pidas

Que te abandone a tu suerte
Pero por sobre todas las cosas
No me pidas
Que deje de amarte

En Tu Voz

En la tranquilidad de la noche…
Me dedico a escuchar tu linda voz.
Me calma y al mismo tiempo me inquieta.
El profundo silencio de la obscuridad,
Ahora, solo recuerdo las lindas noches que pasamos juntos.

Mi Culpa

Yo lo ame…pero…él era de otra…
Le pido perdón a Dios porque fue mía la culpa.
Después de haber besado sus labios…
No me importa el castigo…
Sé que fue un pecado…quererlo tanto
Siento mis labios dulces…por ese amor amargo…
Tratare de rehacer mi vida…
Porque el de otra…es…
Su amor era de otra que no lo merecía…
Pero sin embargo… con ella se fue…
Fue grave mi culpa lo se…pero…
Feliz me sentí en sus brazos...
Sabiendo que de otra es él…

El No fue

Él no fue entre todos el más fuerte, ni más guapo…
Pero fue el que me dio un buen largo y profundo amor
Otros si me amaron
Pero sin embargo… a ninguno los quise cómo a el…
Acaso fue porque lo ame de lejos
No quise entregarme por completo Ahora pienso en el
Pienso en el lindo momento que pasamos…
Tan feliz en sus brazos…
Tanta pasión… creí que era un verdadero amor…
Todo tan perfecto…tan profundo…
A veces Pienso en el
Cuando tantas veces me mintió…
Diciendo que me quería… Nuestro amor era puro…
Él no era ni fuerte ni guapo…
Pero era gentil…Ahora me doy cuenta…
Que nunca fui del…Todos me decían...que lo olvidara…
Pero yo ni respondí…Ahora me doy cuenta…que no quise
A nadie como él…

Solo Palabras

Solo con palabras puedo transmitir
Lo que siento por ti.
A veces me siento torpe por callar lo que siento.
Quizás permito este intenso silencio.
En las noches como ésta; oculto entre paredes
Lo que siento por ti.
Solo son palabras lo se
Si no viviera embriagada de un sueño…
De un sueño que solo nos encontramos tu y yo...
Esclava sin escape de lo que siento por ti...
Solo lágrimas, sin testigo
Por las sombras de la noche...
Si solo viviera atrasada en inocencia...
Podría derramar cuentos repletos de terror...

Son solo palabras lo se…
No quiero caer en trance de odiarte...
Quiero demostrarte amor
Quisiera entrar en tus pensamientos…
Para no preguntar porque tengo tantas dudas…
Ahora me conformo con las dulzuras que sembraste…
Y sé que niegas matar este amor intenso
Veo magia en tus ojos…
Yo no quiero que pare de crecer lo nuestro…
Estas son solo palabras….

Mis Dos Raíces

Nací en la isla Borinquén,
Nací en Puerto Rico....
Y me crie en Nueva York...
Nueva York...donde estoy
Con mucha gente
Todos buscando algo mejor...
Todos hablan español, inglés,
italiano, griego, y más......
Contando de sus países
Contando de sus raíces...
Todos diferentes...pero ahí
Mucha igualdad...
Un día regresare a mi islita......
Porque extraño mi Borinquén....
No estoy sentida de lo que soy....
Soy lo que soy hoy en día....
Gracias a mis dos raíces

Nuestra Despedida

Suspiramos con mucha tristeza…
Nos abrazamos y nos damos un beso...
Yo sentía una nube sobre mí, de dolor…
Te despediste…no me dices nada….
Siento que mi vida…se va perdiendo……
Sin tu amor…no hay nada…
No te acuerdas de que…hace poco…
Disfrutabas…de mi amor...
Solo Dios…sabe…lo mucho que te quiero
Hoy…te alejas de mi…y me olvidaras…
Para siempre…
Solo te daré un beso...un abrazo…un suspiro….
Será nuestra despedida…el adiós….
Para siempre……

Grande Amor

Solo pido que me quieras…….
Como nadie ha me querido…
Con un amor tan intenso
Es así…que aliviare mi Corazón herido…
No me temas…que este amor que te ofrezco…
Es puro…nunca te obligare…
Solo quiero entregarte….
Y que aceptes mi pasión….

Cuando Amanecí A Tu Lado

Cuando amanecí a tu lado...
Vi un poder tan grande en tus ojos...
El mismo poder que sentí cuando nos conocimos...
Cuando nos entregamos por primera vez...por completo.
Ahora todas las mañanas cuando amanece me siento triste
Porque ya no estas a mi lado
Recuerdo cuando nos entregamos por completo la primera vez...
Un momento...que solo existió...tu y yo...

¿Dónde Estás?

De noche miro hacia el cielo
Veo muchas estrellas
Se unen y me dibujan un rostro desconocido
Sé que cada noche tu estas también buscándome
Mirando hacia las estrellas y mirando mi rostro desconocido
Esto es solo una ilusión, lo sé, pero tu estas ahí
Es una fuerte ilusión que veo entre nubes y estrellas
Sé que no es imposible, por lejos que estés
Te encontrare

Amarte

Por todas las cosas que hemos Vivido
Por todo lo que me has dado….
Por tu sencillez y tú linda manera de ser
He llegado amarte…
Por todas tus palabras de aliento
Por todo ese apoyo que me has dado…
Por el cariño que me brindas
He llegado amarte…
Creo que ha sido lo mejor que me
Ha pasado el haberte encontrado en mi camino….
El haber sembrado en mí, amor…
No me arrepiento, sino, agradezco a DIOS
Por tener un ser como tú en mi vida
Por eso y por muchas cosas más…
He llegado AMARTE…

Adiós

Tu mi amor, dejaste un gran dolor,
El día que me dijiste adiós.
Me llenaste de tantas ilusiones
Y muchas esperanzas
Me llenaste mi mundo de alegría
Al conocerte, me hiciste una mujer feliz
Pero con tu adiós, me destrozaste
Una gran herida me dejaste....
De mi amor te burlaste....
Nunca estuviste compasión
Te ofrecí tanto cariño
Y tanta ternura....
Te olvidare mi amor
Y con esto te digo....
Adiós para siempre

Mi Nuevo Querer

Mi nuevo querer me da esperanza
Cuando hablo con él,
Algo mágico me pasa
Su voz me hechiza
Y mi corazón con el quedo
Te conozco en mis sueños
Pero creo que eres un buen hombre
Sé que todo va a salir bien,
Y estarán nuestras vidas completas…

Amor Imposible

Cuanto te quiero y tú no responde
Te quiero tanto y a ti no te interesa
Te lo he dicho tantas veces
Te lo he dicho con alegría
Te lo he dicho con tristeza
Con el odio, con muchas terribles palabras
Eso no me basta
Te quiero más allá de mi vida
Quiero probártelo con mi muerte
Te quiero más allá del amor
Pero mejor lo diré con el olvido

Te Fuiste mi Amor

¿Porque te fuiste mi amor? No lo sé
Solo sé que nunca te tendré
El amor que me entregaste
Yo no lo desperdicie, pero te juro
No volveré jamás amar como yo te ame
No volveré a soñar
Ni volveré a llorar
Como contigo llore
¿Sabes una cosa mi amor?
Este amor solo fue tuyo
Este amor nunca lo entregare a otro,
Yo moriré Con el... Por eso te diré
Que con mi vida yo te ame
Tu amor nunca desperdicie
Ni tampoco lo descuide
Yo nunca te perdonare
Que mi amor dejaste perder

Sola me sentiré
Por no tenerte a mi lado
Pero tranquila estaré,
Porque llegue amar
Te dejo saber a ti

Que nunca te deje de amar
Y quiero que sepas también
Que mi corazón en tus manos tenías
Solo una pregunta…
¿Porque te fuiste mi amor?

Estas Muy Lejos

Te llenare de besos si
Alguno día Me lo permites
Jurare nunca dejarte
Tengo un dolor que me tormenta
La paciencia me afecta
Sin ti mi amor, mi vida no vale nada.
El destino, quizás nos una
Y a lo mejor será para siempre.
Tú eres mi tortura que tendré presente
Contare cada día sin saber
Cuanto tiempo pase
Tú llegaras sin demora
Para formar una nueva vida.
Solo tú eres mi remedio
Siempre te esperare
Aunque estés muy lejos

¿Quién Eres Tú?

Ame a otros, sin embargo, no me amaron
Sufrí en muchas ocasiones
Llore tantas veces
En mi adolescencia fui tan tonta porque me enamoré
Pase muchas tristezas y alegrías
De eso ha pasado mucho tiempo
Y de eso, me rio ahora
La noche está llegando,
Me lleno de tantos recuerdos.
En esta noche, todo ha cambiado
Ahora pienso en ti
Me pregunto, ¿Quién eres tú realmente?
Que ahora solo existe en mi imaginación
Tú me haces feliz cuando pienso en ti
Pienso, como será ser amada por ti
Como será ser acariciada nuevamente
¿Quién eres tú?

Lluvia de Amor

Lluvia de amor cae cuando me tocas
Cuando tus labios sabrosos me besan....
Cuando miro a tus ojos y veo tanta pasión.
Cuando voy contigo de mano a pasear....
Todo es amor de lluvia
Cuando veo tu sonrisa
Cuando tu voz pronuncia "Te amo"
Las más hermosas
Palabras llenas de felicidad...
Lluvia de amor que atrapa mi sonrisa
Porque pienso en ti en cada instante
Porque pienso que ahora estamos lejos
Porque esta es una prueba y los dos vamos a vencer
Te amo aun cuando estas lejos de mi....
Te amo porque eres tú....
Te amo en mis pensamientos....
Te amo y te seguiré amando.

Cuando llegue mi muerte

No me asusta la muerte...
No tengo miedo en este momento
Creo que mi destino será el cielo
Y cuando llegue...formare un lindo
Coro de angelitos...para cantarle al Señor...
Luego desde allá...arrojare...a la tierra...
A todos mis familiares...y amistades...
Miles de flores…llena de paz y felicidad...

Cuando Naciste

Cuando naciste era una noche oscura
Llena de sombras que agitaba en la tormenta
Venía a mí con toda … Entraba por cada punto cardinal de mi cuerpo
Arremolinado, al brotando todos mis sentidos….
Eres mucho más que estas líneas…La luz me ciega sin clemencia……
Eres el alma de mi esqueleto…Amo de todos los torbellinos
y cascada Amo hasta del silencio…hasta de las
Cuerdas que halan mis palabras…Creciste dentro de la tormenta
Tú la aplacaste con tu paz
La sombra temió tanto de tu dulzura
Que hasta envió satélites al infinito
Se llevó todas mis angustias…
Te hizo rey del universo ……De la tierra y de los mares…….
Dueño del aire…dueño de los corazones
Dios de la ternura y de mi pasión….
Tienes tantas cualidades…Eres el sol que veo por las mañanas….
Pero sabes, que no puedo explicar tu partida….
Siempre te apoye…ya no estas para alumbrarme
Mi camino……

Podrá Nublarse el sol

Podrá nublarse el sol mi amor…
Se podrá secarse en un instante el mar
Podrá romperse el eje de la tierra
Como un débil cristal…
¡Todo sucederá, lo se! Podrá la muerte
Cubrirme con su fúnebre crespón.
Pero te digo, que jamás en mí podrá apagarse
La llama de tu amor.
Porque te sigo amando….

No te deseo

deseo no queremos,
más, si me aparto de veros,
tanto me pena dexaros
que me olvido de olvidaros.
Si os demando galardón
en pago de mis servicios,
daysme vos por beneficios
pena, dolor y passión,
por más desconsolación.
Y no puedo desamaros
aunque me aparto de veros,
que si pienso en no quereros
tanto me pena dexaros
que me olvido de olvidaros.

Me Estoy Muriendo

Que debo hacer con mi vida
No sé qué hacer con esta soledad
Llevo una vida muy triste
Nunca he tenido un gran amor
No he tenido la oportunidad de que
Alguien que me quiera como siempre lo he soñado
Mi vida es un fracaso necesito un amor
Necesito a alguien que me haga sonreír
Ahora, estoy muy sola ya me quiero morir
Ayúdame, DIOS mío te lo suplico
Pon en mi camino esperanza de encontrar
Un buen hombre que esté a mi lado para siempre.
Por favor, DIOS mío
Me estoy muriendo....

Que Infierno

Esto es el infierno...
Así es como me siento en este momento.
Porque no puedo expresar lo que siento
Por él, el hombre que amo
No sé si vale la pena arriesgar nuestra
Amistad mi corazón se niega
Dejarlo en libertad
Si de verdad, estoy en el infierno...
El, estoy segura, que está en la gloria....
Su felicidad es mi único consuelo.
Yo sé que mi amor por el
No es correspondido...
Quiero alejarlo de mi mente.
Y si el me lo pide....
Sin pensarlo...mi vida yo daría.
Con solo su sonrisa....
Lo compensaría....
No será tan grave porque
Yo Me estoy muriendo sin su amor.
No puedo evitar lo que siento por él.

Hoy me di Cuenta

Hoy me di cuenta y no sé cómo decirte
Que todo lo que viví contigo
Fue una mentira
Fue un sueño cuando me decías princesa
Todo ha resultado ser tan solo promesa
No me da vergüenza decir
Que tú eras todo para mí.
No quiero admitir,
Que lo quisiera repetir
He pasado tantos momentos sola
Pensando como una loca...
Pensaba en tus besos...
Tus sonrisas y lindos ojos
Tengo que pedirle a mi mente
Que deje pensar en ti
Y es bien triste pedirle a mi corazón
Que te deje de amar...

Gracias Por Lograr Lo Mejor De Mi

Tú pudiste sacar lo mejor en mí
Los resultados en todo
Mis esfuerzos son evidentes
Su atención y su dedicación siempre brillo
Usted, mi maestro siempre estará en mi corazón
Le quiero dar las gracias por ayudarme
Hacer la persona que soy hoy en día...

Amor o Desamor

En este momento le quiero explicar la diferencia….

Muchos hablan de amor y otros de desamor. Algunos se cuestionan la propia existencia, mientras que otros son todo un canto a la vida.

Los hay de protesta, motivacionales, centrados en estampas periódicas o aquellos que expresan los más profundos deseos.

El caso que sea, todos los poemas tienen un punto en común. Son toda una excelente forma de expresión de las emociones y, además, nos ayudan a comprendernos mejor como personas.

Todo ello los convierte en un recurso excepcional. Para los más jóvenes, pueden identificarse y aprender a expresar sus sentimientos, mientras toman contacto con la literatura.

Espero que les guste estos próximos poemas….

Mi Táctica

Mi táctica es mirarte
Quiero aprender como eres
Quiero quererte como eres.
Mi táctica es hablarte y escucharte
Quiero construir con solo tus palabras
un puente indestructible.
Mi táctica es quedar en tu recuerdo…
No sé cómo ni sé con qué pretexto
pero quedarme en tu corazón.
Mi táctica es ser generoso y saber que eres sincera

Si tú me olvidas

Quiero que sepas una cosa.
Tú sabes cómo es esto:
sí miro la luna de cristal, la rama roja
del lento otoño en mi ventana,
si toco junto al fuego la impalpable ceniza
o el arrugado cuerpo de la leña,
todo me lleva a ti, como si todo lo que existe,
aromas, luz, metales, fueran pequeños barcos que navegan
hacia las islas tuyas que me aguardan.
Ahora bien, si poco a poco dejas de quererme
dejaré de quererte poco a poco.
Si de pronto me olvidas no me busques,
que ya te habré olvidado.
Si consideras largo y loco
el viento de banderas que pasa por mi vida
y te decides a dejarme a la orilla
del corazón en que tengo raíces,
piensa que, en ese día,

a esa hora levantaré los brazos
y saldrán mis raíces a buscar otra tierra.
Pero si cada día,
cada hora sientes que a mí estás destinada
con dulzura implacable.
Si cada día sube
una flor a tus labios a buscarme,

ay, amor mío, ay mío,
en mí todo ese fuego se repite,
en mí nada se apaga ni se olvida,
mi amor se nutre de tu amor, amada,
y mientras vivas estará en tus brazos
sin salir de los míos.

La Amistad

La Amistad es un tesoro que todos compartimos,
Es un lazo que nos une a través de los años.
La Amistad es un rayo de luz
Que llega cuando la oscuridad nos rodea,
La amistad es una fresca brisa de mar
Cuando paseamos en el vacío.
La Amistad es Tú y Yo,
La amistad es lo que compartimos
En las buenas o en las malas
Gracias por ese regalo que me das,
Tu gran amistad.

Personas Especiales

En este mundo las personas especiales
Son las más valiosas sin importar lo que pase,
Ellas siempre comprenden y te ayudan,
Te toman de la mano y te brindan sonrisas cuando lo necesitas.
Siempre te escuchan y atienden lo que se dice en silencios.
Las personas especiales saben qué hacer,
Tu día con solo decir algo que nadie más habría decir
Las personas especiales pueden iluminar tu vida con la risa.
Las personas especiales comprenden tus humores
Las personas especiales son regalos que traen felicidad...
Gracias por tu amistad y por ser una persona especial en mi vida

Tu Amistad

Amigo mío, te quiero decir que, si mañana dejo de existir,
Te observaré desde el cielo y te cuidaré desde allá,
Amigo mío, te quiero decir que, si dejas este mundo,
Que Dios no lo quiera, te recordaré siempre
Quiero que sepas que te aprecio mucho
Eso es algo muy importante para mí,
Sé que debí decirte antes cuánto te respeto
Pero si por alguna razón no nos volvemos a ver,
Te dejo esta nota para que sepas lo mucho que te admiro.
Si no alcanzaste a decírmelo y yo dejo de existir,
No te preocupes, que, por el simple hecho de nuestra amistad,
Sabré que me aprecias.
Recuerda que nunca sabemos cuándo dejamos de existir,
Por eso quiero decirte hoy, Gracias por tu amistad

El Abrazo

Un simple abrazo nos conmueve el corazón,
Nos da la bienvenida y nos hace más resistible la vida.
Un abrazo es una forma de compartir alegrías,
Así como también los momentos tristes que se nos presentan.
Es tan solo una manera de decir a nuestros amigos,
Que los queremos y que nos preocupamos uno por el otro
Porque el abrazo fue hecho para darlos a quienes queremos.
El abrazo es algo grandioso.
Es la manera perfecta para demostrar el amor que sentimos,
Cuando no conseguimos la palabra justa.
Es maravilloso porque tan sólo un abrazo dado con mucho cariño,
Hace sentir bien a quien se lo damos,
Sin importar el lugar ni el idioma,
Porque siempre es entendido.
Por esta razón, hoy te envío un cálido abrazo.

Un héroe fiel

En un mundo de ruina de arena,
Un policía debe ser una piedra.
Un héroe fiel,
Debe pararse y a veces estar solo.
Él es la cara de la justicia
Y la espada y el escudo de la paz.
Un poderoso caballero de caballería,
Decidido luchar contra la bestia.
Él es la voz de la razón
En una tierra tan llena de dudas.
Él ve los fuegos del mal,
Y él misionero para poner hacia fuera.
La estrella más brillante que brilla
En la oscuridad de la noche.
Lucha siempre hacia adelante,
Para el amanecer todavía no a la vista.

Rompiendo el Silencio

Rompí el silencio con una palabra
Con tanta debilidad se detiene el tiempo
Y tú piensas que te estoy mintiendo
Mi mirada se pierde en tus secretos
En el tiempo, sin temor a fracasar
Yo trato de guardar este momento
No temo amarte, porque sé que tú me amas
Como alguien que lo apuesta todo
Sabiendo que lo va a perder
A mí no me importa el daño
Si, sé que es inevitable ser presa de tu
Sombra tus palabras y de tu sonrisa
Rompí el silencio con solo una palabra
Esa palabra es amor

Mi Amado Esposo

De la mano siempre llevare a mi esposo
Caminaremos siempre juntos,
La gracia de Dios nos protegerá desde el cielo.
Agradezco cada día que me levanto
Que nos bendiga con todo su amor.
El sol de la mañana y el canto
De las aves que cantan nuestra canción.
En esta vida cuando estoy triste,
Dios es que me mantiene fuerte
Para siempre protegerte.
Eres las estrellas que iluminan mi cielo
En la oscuridad de la noche.
Eres el padre de mis hijos
Y el aire que me da vida.
Mi verdadero amigo de mi corazón,
Eres mi alma, mi amado esposo.

Mi Esencia

Para mí, la familia lo es todo
Mi esencia y mi ser
Ellos siempre están allí
Cuando yo los necesito
Siempre están en las buenas y en las malas
Cuando estoy bien y cuando estoy enfermad
Son mis amigos incondicionales
Que siempre me acompañan
La familia lo es todo para mí.
La esencia de mi vida es mi familia
Por ella lucho, por ella vivo, ¡por ella muero!
Mi dulce familia es el elemento importante en
Nuestra sociedad.

Me Siento Sola

La melancolía sinónimo del dolor
El aire desborda las miradas
Que con tristeza observaban el ataúd.
A lo lejos se escuchan gritos desesperantes de la vida
Preocupado ante la presencia de la tristeza.
El sabor agrio, el llanto claro,
El ambiente se cubre de niebla y rigidez,
El cielo le tiende una mano
Su alma se eleva en eterna paz.
Su cuerpo reposa en la tierra
Despreocupado y tranquilo,
Descansé En Paz Hermanito

Recuerdos De Mi Niñez

Lo que más recuerdo de mi niñez,
Es a mis tíos y primos.
Ellos vivían cerca de nosotros
También eran bien educados
Y muy buenos con nosotros
A mí me encantaba dormir con mis primas,
Porque hacíamos el rosario
Y luego me contaban historias,
A mi primita le gustaba mucho que yo la peinara,
Lindos tiempo, me hacen falta…
Los recuerdo con mucho cariño.
La familia es un regalo de Dios.
Nunca olvidares esos lindos recuerdos

Abuelita Querida

Recuerdo tus manos tan suaves
Aunque siempre estaba haciendo
Todas las tareas del hogar
Recuerdo tus caricias con tanta dulzura,
Que me curaba alguna herida
El producto de mis travesuras de niña,
Tus ojos tan acostumbrados
A mirar la distancia del camino
Esperando el regreso de mi abuelo,
Ese que un día no volvió sobre sus pies
Por culpa de un accidente en su trabajo...
Tantas cosas se mezclan en mi memoria,
Cuantos recuerdos olvidados,
Pero jamás podré olvidar tu cariño
Viejita querida y hoy desde el cielo
Estoy segura de que estás protegiendo...

A Mis Abuelos

Tenía unos abuelos hermosos....
Dios me hizo ese gran regalo
Por parte de mi padre,
Ellos eran activos
Mi abuelo falleció cuando yo era pequeña
Pero mi abuela siempre estuvo con nosotros.
Me defendían de todos
Mi abuela siempre bella,
Siempre elegante si lo diré yo
Mi Abuela, una gran señora

Amiga y Tía Mía

Te doy gracias por tus enseñanzas
Y tus correcciones
Te doy gracias por darme un camino nuevo para seguir
Te doy gracias por acompañarme
Cuando tenía problemas
Te doy gracias por contar alguna historia
De nuestra familia
Te doy gracias por no cerrar tus puertas
Gracias, tía y amiga por estar ahí
Cuando más te necesite

Tía Política

Recuerdo un famoso manjar
Que nos hacías festejando las Pascuas.
Preparabas una masa exactamente
De harina y coco
Y después las horneaba.
Me acuerdo muy bien que,
Trajiste esta receta desde de España
Donde también nació mi adorada abuela,
Gracias por estar en mi vida…

Madrina

Por ser hermana de mi madre,
Te brindo en este día
Un pequeño homenaje,
Con mucho amor
Ya no estas a mi lado,
Pero tus recuerdos vivos están
En mi mente, en mi alma y en mi corazón
¿Porque te fuiste madrina?
En las malas y en las buenas siempre estaba conmigo
Hoy te digo emocionada, con todo mi corazón
Te amo madrina.

Mi Prima ya no Esta

Prima bella cuanto te extraño….
Tú que era el arma de las fiestas
Lo dabas todo
Con todo tu corazón,
Hoy ya no estas, primita
Yo sé que ahora estas con Dios,
Por eso jamás te olvido primita,
Siempre le rezo a Dios por ti.

Abuelito

Abuelito querido, abuelito del alma.
Padre de mi padre.
Abuelo inolvidable.
Cuántos recuerdos de mi niñez
Vienen a mi memoria.
Tu amor y dulzura que
Tú siempre sentías con nosotros,
Tus nietos.
Recuerdo nuestras fiestas familiares,
Tu abuelo, siempre presente
Hace mucho tiempo que no estás con nosotros,
Pero todos tus nietos
Te recordamos siempre,
Abuelito querido…

Abuela

Tú no te imaginas cuánto recuerdos tengo de ti
Contigo siempre me sentía tan querida
Y bien protegida entre tus brazos
Yo aprendí mucho de ti
Sé que desde el cielo cuidándome
Eres mi ángel de la guarda al que le hablo cada noche
Te amo y te extraño mucho Abuela

Tía

Tú eres un regalo cuyo valor no se puede medir,
Tía, tú eres una alegría para recordar durante toda su vida.
Tú no sólo eres mi tía, tú eres mi amiga
Tía, tú estás siempre en mi corazón.
No hay Tías como tú
Una tía se vuelve más apreciada con el tiempo
Tú eres una persona especial
Y siempre te recuerdo con mucho cariño….

Tío Querido

Cuando pequeña, y tú no estabas,
Me sentaba dentro de una caja
Tú me comprendías y me prestabas atención
Las noches ahora son cortas…
Por las noches en mis sueños tú estas
Sé que estas muerto,
Pero todavía te adoro un montón
Tú eres Como una estrella brillando mi camino
Estas siempre a mi lado
Siempre me siento segura
Que cuando viajo a cualquier lado
Te veo sentado en una esquina
Eres mi ángel de mi guarda
Y no quiero a nadie más.
Te quiero a ti
Aunque sé que ya no estas

Tú dejaste tanto AMOR

Porque al cerrar tus ojos, esa última noche
Antes de despedirte me dijiste gracias, hija mía
Y nunca más volviste hablarme...
Sé que soy bien egoísta…
Lo sé, solo quería tenerte un poco más a mi lado
Madre, si, hasta la eternidad.
Nadie ocupara tu lugar en nuestras vidas
Te extrañamos, el amor de toda la vida, mi padre,
Tus hijos,
Tus nietos y biznietos
Nunca te olvidaremos

Hermano Querido

Eres el ángel que me protege
Cuando las nubes se abren,
Yo te doy mi mano para que me enseñes a volar
Llegan a mi casa, muchas palomas blancas
Y entre todas me dan mucho valor.
Con tantas situaciones de la vida,
He aprendido mucho
Sé que con Contigo puedo volar
Muy alto, tan alto hasta el finar.
Ven conmigo hermanito muéstrame el camino…
Entre las nubes se confunden nuestras risas
Y las lágrimas se mezclan con la lluvia
Tu mirada hace poesía y todo lo que escriba
No podrá jamás describir tu alegría.
Porque te quiero escribo
Y escribo porque nunca te olvido.

Soy Puertorriqueña con Orgullo

Mi piel morena, con una mirada amable
Soy talla mediana
Mi alma tiene ilusiones deseosas,
Soy libre y orgullosa,
Pienso muy impaciente,
Con una mente encendida.
Soy bondadosa, simpática, razonable y liberal,
Y en la sociedad del amor, siempre caprichosa,
Tras la gloria y placer soy siempre trabajadora.
Amo mucho a mi patria
Este es y no dudo, el fiel diseño
De una buena puertorriqueña

<u>Esta colección de poemas es dedicada a los soldados
que dan sus vidas por defender su patria.</u>

Un militar es aquel hombre o mujer que da su vida por nosotros. Siempre llevan sus uniformes con mucho orgullo. Son personas humanitarias, honestas y honrados.

Estos seres humildes nunca tienen navidad, ni celebran el año nuevo con sus familiares. Ellos no tienen tiempo para celebrar cumpleaños y días feriados. Tienen que estar siempre listos en invierno o en verano. Todos los días son iguales para eso grandes guerreros.

Ellos se lavan con la lluvia y se secan con el sol. Ellos luchando siempre por nuestra seguridad. La tristeza más grande es que no ven a sus hijos crecer. Ni tampoco tienen tiempo para compartir con su familia.

Dios me los bendiga siempre a esos grandes guerreros.

La Guerra

Pensando en el soldado desconsolado,
Al ver a lo lejos su hogar
Solo pensaba en su esposa,
En su pequeño y en un aire fresco para respirar.
Han pasado más de dos años,
Tantos malos recuerdos;
De los horrores de la guerra
Él era un soldado prisionero.
Por más que intento escapar, no pudo
Cuando fue restado del infierno que se encontraba,
Sin tiempo que perder, Comenzó a correr,
Fue un alivio extraordinario cuando llego una tropa
Y se lo llevaron a su destino Así es la guerra,
El guerrero tiene que soportar tantos terrores

Profunda Marca en las Sociedades

Las guerras son situaciones terminantes
Dejan profundas marcas en las sociedades
Que las vivieron en los guerreros
Principalmente aquellos que las sobrevivieron,
Muchos civiles y militares combatieron en ellas.
Para los excombatientes, la experiencia guerrera
Es un paso en sus vidas en donde se trata
De una experiencia extrema de batalla con la muerte
En la que la opción de matar y/o morir
El trabajo de un soldado no es fácil
Pero alguien tiene que hacerlo

El Guerrero

Un día el soldado trasladaba el sol
Como un árbol roto
Bajo la rama verde de su brazo
El soldado traía el sol
No venía con la mirada caída de días anteriores
No Se sentía triunfante
El sol estaba muy fuerte
Pero su prisionero estaba debajo de su axila
Enfermo por la luz
Se acercaba como el amanecer
Desarrollando a cada paso
Todos sus compañeros,
Estaban ansiosos, hacía tiempo que no tenían alimento
Ellos ayudaron aguantar al sujetó contra el suelo
Hundieron sus bayonetas en el ojo dorado
Y rápidamente llenaron sus manos
Y bocas con esa carne del
Que sabía a dulce de celestial

Todos son Hermanos

Subían y bajaban cerros
Hasta llegar al lado de un soldado moribundo
Le dieron un abrazo
Le pusieron entre las manos
Un paquete de ración
Esto es tuyo —le dijeron
Todos sus amigos estaban contentos
Porque encontraron a uno de los suyos
Creían que ya había fallecido porque
Hacia muchos días que se había
Desaparecido…
Ellos nunca perdieron la esperanza
Durante la guerra, todos son hermanos…

Sobrevivir

Si no fuera por la unión de la naturaleza
Que hizo el soldado
Como si él fuera
Un animal sostenido por
Propinas y si no fuera el cordero
Que mato por la mañana
Y que aún lo miraba
Él no se quitaba
De poder sobrevivir
Tenía un dolor insoportable sus tobillos y sus muñecas no las sentías
Solo la luna y las estrellas lo protegían
Y el guerrero no se sentía desamparado

Nuestros Héroes

Están muy fatigados y cansados,
En los campos de batalla,
Van los soldados defendiendo
A su patria con honor,
Su patria que la llevan muy
Dentro en sus corazones,
Siempre arriesgando sus vidas,
En medio del peligro de poder quedar dormidos,
En un desafío entre la victoria y la muerte,
Que dejarían su sangre derramada,
Que pintan la tierra y los campos vestidos de verde,
Que serían los testigos del sufrimiento de los soldados en guerra,
Atravesando ríos y terrenos,
En medio del frio que les llega hasta los huesos,
Y el calor que les reseca la boca.

¿Qué es un maestro o profesor?

¿Alguna vez te has preguntado qué es un Profesor? El Profesor es una persona que enseña una destreza. También podemos añadir, que el Profesor es la persona que cultiva esta labor, por gusto, por su propia decisión, o por vocación.

En los tiempos primitivos la educación se realizaba de manera espontánea. Así de esta forma, niños y jóvenes aprendían de los mayores. Las primeras pruebas de una cultura establecida, cuyo contenido se reducía a métodos simples. Por ejemplo, necesidades básicas de alimentación, vestimenta, y a ciertas prácticas de iniciación social.

En la Grecia clásica el profesor asistía a los lugares públicos. Como en la plaza para transmitir sus enseñanzas.

En la Edad Media "Docente", era la forma en que se designaba a los profesores el centro de enseñanza.

En el Renacimiento, el paso de la Edad Media a la Edad Moderna, el Profesor ya no únicamente se dedicó a las clases de religión, sino también a la transmisión de otro tipo de conocimientos como son las ciencias, la historia, la geografía y a la música.

A Mi Maestro

Espero con mucho entusiasmo...
La hora de tu clase cuando llego a la escuela.
Usted es un maestro increíble;
Creo que usted es el mejor maestro del universo
Eres inteligente y amigable;
Siempre ayudando a todos los estudiantes
Estamos agradecidos por tener un maestro
Como usted…

Quiero Ser Como Tú

Gracias, maestro, por ser tan amable.
Cuando considero todo lo que me has enseñado
Y reflexionar sobre el tipo de persona que eres,
Quiero ser como tú, inteligente, interesante
Y positivo de sí mismo, pero sin pretensiones.
Quiero ser como tú,
Siempre estás bien informado y fácil de entender,
Usted piensa con su corazón, así como su cabeza,
Estimula suavemente para hacer nuestro mejor esfuerzo,
Con sensibilidad y perspicacia.
Quiero ser como tú,
Dando su tiempo, energía y talento
Para asegurar nuestro futuro
Usted es brillante porque hace lo imposible
para que cada uno de su estudiante progrese.
Gracias, maestro por haberme dado un objetivo para aprender
Quiero ser como tú

Haciendo lo Imposible

Si tuvieras una seguridad por enseñar
Cada día, yo sería como usted
Nuestros hijos llegan de la escuela felices
Porque tienen a usted como maestra
Usted hace la diferencia en la vida de cada niño
Lo que son tranquilos y los que son salvajes
Todos la quieren
Usted les enseña y los comprende
Lo hace porque los estudiantes ven a usted como un ídolo
Se ve que usted enseña desde el corazón
Es evidente que usted es divina
Todos estamos de acuerdo que en estos tiempos
Nuestra sociedad necesita de grandes maestros como usted
Les agradecemos y valoramos su tiempo
Muchas gracias, maestra por ayudar a nuestros hijos

Gracias Por Enseñarme

Yo siempre conservo su memoria
Almacenada dentro de mi corazón
Siempre recordaré sólo cómo juega
Un parte contribuido por enseñarme
A pensar en grande y creo
Que nunca te olvidaré
En cuanto a grandeza te agradezco
Su desempeñó que usted esta
Haciendo un papel de admiración
Hace todos nuestros sueños convertirse
En realidad....

Mi Inspiración

Usted has sido mi inspiración
Desde que yo estaba en su clase
Muchas veces a lo largo de los años
Tus alabanzas he cantado
Usted es el mejor maestro que he conocido
Las lecciones que me enseñaste han florecido
Eres todavía mi inspiración
Y por eso le estoy enviando
Con cariño y gratitud
Muchas bendiciones

Maestro Para La Eternidad

Su enseñanza perdura para siempre
Su influencia no termina nunca
Sabrás y las lecciones
Que enseñan hoy quedarse
Con nosotros mientras
Crecemos con su enseñanza
Afecta una eternidad
Mi corazón sabe que esto es así...

Gracias Por Lograr Lo Mejor De Mi

Tú pudiste sacar lo mejor en mí
Los resultados en todo
Mis esfuerzos son evidentes
Su atención y su dedicación siempre brillo
Usted, mi maestro siempre estará en mi corazón
Le quiero dar las gracias por ayudarme
Hacer la persona que soy hoy en día...

Solo Gracias

Gracias por concederme el deseo de aprender
El deseo de aprender no tiene precio
Es un regalo que me dio usted
Hizo mucho más que una enseñanza
A vista se ve el fruto
Gracias por concederme el deseo de aprender
Hoy le doy las gracias
Y le agradezco de todo corazón lo que hizo por mí

Maestro

No tengo palabras para decirle
Todo lo que agradezco
Sus enseñanzas
Gracias, maestro, eres espectacular
Me diste la alegría y una paz mental
Tengo la mente clara porque
Usted me ayudó a soñar
Me diste esperanza
Y me enseñaste muchas cosas para sobrevivir
Usted me dio fuerza para ver un futuro que me pertenece
Un futuro que parece realmente brillante
Gracias por mostrarme la luz

El Profesor

Había un profesor que repasaba las tareas con sus estudiantes
Él era brillante y ahora me doy cuenta de que
sus estudiantes eran todo para el
Ese profesor tenía razón porque creía en sus alumnos.
Usted que creyó siempre en mí
Me abrió los ojos y me ayudó a ver mi potencial
Para ver que mi mente estaba abierta para aprender
Donde una vez fue ciego gracias
Por ver lo que no he podido ver gracias
Mi profesor por creer en me

Poemas sobre la Amistad

Amistad es uno de los grandes tesoros de la vida. Amigos que son leales siempre están allí para hacerte reír. Cuando estás abajo, no temen para ayudarle a evitar errores y buscan su mejor interés. Este tipo de amigo puede ser difícil de encontrar, pero ofrecen una amistad que durará toda la vida.

Otros amigos no son tan cariñosos. El dolor causado por una amistad que se vio empañada por la traición no es fácil de superar. De hecho, muchos poemas cuentan la inspiración de la alegría de una amistad amorosa o el dolor causado por una amistad fracasada.

Los verdaderos amigos brindan apoyo y ánimo con sus comentarios. Los verdaderos amigos hacen que te sientas necesario, seguro y feliz. Todos necesitan un poco de energía positiva de vez en cuando, y los verdaderos amigos la tienen en abundancia. Incluso cuando no están de acuerdo contigo te dice que algo no te qué bien, pero de manera humorosa. Por ejemplo: "Ese traje de que muerta era". Aun así, te apoyan de la mejor forma posible.

Si un amigo te hace cumplidos auténticos, sobre todo, desde tu nuevo vestido hasta tu ética laboral, esa es una buena señal.

Dar ánimo, incluso en relación con cosas tontas y mínimas, es una buena señal para ambos.

Comprueba si tu amigo te anima. Aunque no siempre te tiene que animar. Si es un buen amigo, debe de ser tu fan y siempre desearte que tengas éxito.

La Amistad

La Amistad es un tesoro que todos compartimos,
Es un lazo que nos une a través de los años.
La Amistad es un rayo de luz
Que llega cuando la oscuridad nos rodea,
La amistad es una fresca brisa de mar
Cuando paseamos en el vacío.
La Amistad es Tú y Yo,
La amistad es lo que compartimos
En las buenas o en las malas
Gracias por ese regalo que me das,
Tu gran amistad.

Personas Especiales

En este mundo las personas especiales
Son las más valiosas sin importar lo que pase,
Ellas siempre comprenden y te ayudan,
Te toman de la mano y te brindan sonrisas cuando lo necesitas.
Siempre te escuchan y atienden lo que se dice en silencios.
Las personas especiales saben qué hacer,
Tu día con solo decir algo que nadie más habría decir
Las personas especiales pueden iluminar tu vida con la risa.
Las personas especiales comprenden tus humores
Las personas especiales son regalos que traen felicidad...
Gracias por tu amistad y por ser una persona especial en mi vida

Tu Amistad

Amiga mía, te quiero decir que, si mañana dejo de existir,
Te observaré desde el cielo y te cuidaré desde allá,
Amiga mía, te quiero decir que, si dejas este mundo,
Que Dios no lo quiera, te recordaré siempre
Quiero que sepas que te aprecio mucho
Eso es algo muy importante para mí,
Sé que debí decirte antes cuánto te respeto
Pero si por alguna razón no nos volvemos a ver,
Te dejo esta nota para que sepas lo mucho que te admiro.
Si no alcanzaste a decírmelo y yo dejo de existir,
No te preocupes, que, por el simple hecho de nuestra amistad,
Sabré que me aprecias.
Recuerda que nunca sabemos cuándo dejamos de existir,
Por eso quiero decirte hoy, Gracias por tu amistad

¿Qué es la aplicación de la ley?

Aplicación de la ley es cualquier sistema por el cual algunos miembros de la sociedad actúan de manera organizada para hacer cumplir la ley.

Aunque el término puede abarcar ramas de la profesión como los tribunales y las cárceles. La mayor frecuencia se aplica a aquellos que se involucran directamente en patrullaje o vigilancia para descubrir una actividad criminal y los que investigan delitos.

Es también una tarea típicamente llevada a cabo por la policía u otra agencia del orden público. Además, aunque la aplicación de la ley puede ser más preocupada con la prevención de delitos, las organizaciones existen para asustar una amplia variedad de violaciones no penales de reglas y normas, efectuadas a través de la imposición de consecuencias menos graves.

Espero que disfruten estos poemas y comprendan la labor de un agente o policía.

Mensaje de un Agente

Ningún policía sale de su casa a su trabajo pensando,
"Hoy día voy a ser asesinado en la línea del deber".
Sin embargo, el muro conmemorativo
Se llena de nombres de miles de oficiales
Ellos salen de su casa y nunca regresan.
¿Qué dirían ellos si se le permiten
Una oportunidad de enviar una breve carta
¿A las personas importante en sus vidas?
Este día de conmemoración de la policía
He tratado de ponerme en los zapatos de un oficial caído
Y construir palabras consuelo.
Este poema es dedicado a la memoria
De nuestros hermanos caídos.

Soy Un Oficial De La Ley

Yo soy el oficial que he ido donde temes ir,
He visto lo que temes ver,
He hecho lo que temes hacer
Todas estas cosas las he hecho por la seguridad de mi país.
Soy la persona que usted se inclina sobre él,
Estoy presente cuantas veces sea necesario
Trato de resolver problemas, pero muchos piensan,
Que no tengo corazón, soy el que llaman "El oficial ",
Yo soy sólo una persona,
Y a través de los años he llegado a ver,
Que puedo solucionar lo que piden de mí;
Yo tome una placa... tome un arma... y un uniforme
¿Han visto una persona morir?
¿Has escuchado un llanto de un bebé maltratado?
Entonces ¿crees que puede hacer todas esas cosas?
Esto y más, es el trabajo de un Oficial de la Ley....

Amor a Su Trabajo

Era un policía por veinte años.
Hizo su trabajo con amor a la humanidad
A menudo, se encontraba muy triste
La mayoría de la gente que ayudó
Nunca le mostró ningún respeto.
Sin embargo, trabajo muchos días feriados
Sus familiares se quejaban
Pero el solo les decías que
Es el trabajo que eligió
Paso muchos días en el Tribunal.
El cinturón de la pistola que llevaba
Le causaba un gran malestar.
Sus horas de trabajo le afectaron mucho
Él nunca se quejó, porque trabajo
Para defender y ayudar a los demás…

Plegaria de un Policía

Señor te pido valor
Valor para enfrentar y conquistar
Mis propios miedos...
Valor para llegar donde otros no van...
Te pido fuerza
Fuerza de cuerpo para proteger a otros
Y la fuerza del espíritu
Para conducir a los demás...
Te pido dedicación
Dedicación a mi trabajo,
Hacerlo bien, dedicación a mi comunidad,
Para mantenerla a salvo...
Dame, Señor, preocupación
Para aquellos que confían en mí
Y compasión por aquellos que me necesitan Y por favor, Señor,
A través de todo, que estés siempre a mi lado...

No Todos Somos Malos

Me juzgaron cuando llevaba una insignia
Y el uniforme de la ley. Escuché muchas veces,
"todos los policías son malos".
Sus palabras me molestaban, pero yo seguí haciendo mi labor
Yo estaba allí para cuidar de mi comunidad.
No era justo que me trataran así.
¿Cómo podrían atreverse decir
¿Y juzgar juicio en contra mí persona?
Me juzgaron de encuentros con policías,
Muy desagradable...
Frecuentemente yo era el blanco de agresión
Fuera de lugar, Pero yo nunca me rendí...
Continúe luchando hasta conseguir
El respeto de esa comunidad
Que fue explotada por policías corruptos...
Termine mis treinta años de mi profesión
Y estoy feliz porque ayude a muchas personas.

Golpe de Ignorancia

Caminé al ritmo de la ignorancia, Y yo me sentía como un tonto.
Un policía honesto en medio de un mar De Policías sucios que
gobiernan. Me uní a la fuerza para ser una fuente de bien,
Pero quedé pasmado. Los jefes querían cuentas de billete.
Me encontré rodeado de insignias usadas por maleantes en azul
Que harían cualquier cosa... Se encuentran en la corte,
Conjunto de personas arriba... Todo para que el anillo de oro.
Juré que haría cumplir la ley, pero yo nunca pude engañar.
Sin embargo, parece que los policías
Honestos pronto pueden ser obsoletos.
Se trata de los ingresos y el poder que
Han percibido. Después de veinte años,
Yo estaba avergonzado de usar el azul.
Mucha corrupción alrededor,
Allí había muy pocos como yo.
Era policía por el amor de esa linda profesión…

Un Héroe Fiel

En un mundo de ruina de arena,
Un policía debe ser una piedra.
Un héroe fiel,
Debe pararse y a veces estar solo.
Él es la cara de la justicia y la espada y el escudo de la paz.
Un poderoso caballero de caballería, decidido luchar contra el mal.
Él es la voz de la razón
En una tierra tan llena de dudas.
Él ve los fuegos del mal, y él misionero para poner hacia fuera.
La estrella más brillante que brilla
En la oscuridad de la noche.
Lucha siempre hacia adelante,
Para el amanecer todavía no a la vista.

¿Máquina de Matar?

La mayoría de los policías son justos
Y muy bueno, pero otros están fuera de su mente.
Solo piensan en dispar y la imagen azul se contamina.
Dejan a los buenos policías en apuros.
Yo me pregunto, "¿qué es lo pasa con estos tontos?
Su uso de la fuerza siempre excesiva ignora las reglas.
El uso de su poder, demasiado a menudo están agresivos
Se necesita paciencia para ser un buen policía,
Y este absurdo disparate se tiene que acabar.
Un arma es una herramienta, pero cuando se usa por un tonto...
Se dispara la reputación azul.
Los interesados en ser policía,
Deben ser mejor evaluados.
Compromiso de procesos... no debe rutinaria.
Siempre se de anticipar el adestramiento.
Para conserva a un buen policía,
No a una máquina de matar.

Soy un Caballero

Soy un caballero de la orden más alta.
Mi uniforme, mi armadura.
Mi placa es mi escudo.
Mi arma más poderosa,
La espada de la justicia... la daga de la verdad...
El crisol de la compasión.
Viajo por caballo metálico en el campo de batalla.
Buscando al dragón de la injusticia,
Con miedo... del caballero negro de los pillos
De hechos criminales y proveedores de la bajeza.
Mi muchacha es servicio.
San Miguel, Señor. Mi reino es mi ritmo.
Mi juramento es mi honor.
Soy un caballero del viejo código.
Campeón de los débiles y explotados.
Un pilar de la fuerza en un mundo en ruinas.
Soy un Policía con orgullo

Hacer La Diferencia

En el momento que el agente una placa
Y un uniforme, es el momento
Que eligió ayudar su prójimo.
Él sabía que era su destino para servir su comunidad.
Estuvo que tomar una posición.
Él había visto muchas injusticias,
Y sabía que tenía que parar esos abusos.
Sentía que podía cambiarlo todo.
Es por eso que se convirtió en un policía.
No pasó mucho tiempo antes
De que se enteró de que los cambios serían pequeños.
A veces incluso se preguntaba si hizo pérdida en todos.
Pero todavía estaba ahí cada día.
Alguien tiene que probar.
Si puede ayudar a una sola alma o secar lagrimas...
Si puede ayudar a una mujer maltratada,
Ahí todavía esperanza.

En la fuerza de trabajo

Han pasado treinta años,
Una placa sobre su pecho.
No importaba lo que le pedían
Siempre intento hacer lo mejor.
Hubo cambios de liderazgo en su precinto,
Aunque no era fácil,
Lo veían como una amenaza
Porque no lo conocían.
Al pasar el tiempo, se dieron cuenta
Que era un gran policía…
Se dieron cuenta, que el eligió ser agente
Y servir a la comunidad de corazón

Los Ladrones Son Ahora Las víctimas

Los policías, el enemigo del ladrón.
Cuando se entiende que la libertad no es gratis
Hay sólo una línea muy fina
Que mantiene el caos en la comunidad.
Dios ayuda al mundo en general si es reclamado.
Nuestras ciudades, ahora son un campo de batalla.
El Policía lucha para mantenerse con vida.
Los medios de comunicación ahora
Le echan la culpa a la placa y al uniforme,
El odio a los policías está de moda.
La nueva regla.
No hay respeto por la ley.
Si no fuera por los policías,
¿Entonces, quién nos protegerá?
¿Quién luchará por la justicia?
¿Quién ayudará a los más necesitados?
Un mundo sin policía sería un mundo triste...

La vida de un Policía

Todos hablan de las pandillas callejeras;
Todos hablan de niños matando niños.
Todos hablan de los usuarios de drogas;
Pero nadie habla del policía que te protege
Todos hablan personas muertas o moribundas...
Hablan de la violencia; De niños, madres,
esposas e hijos maltratados
Pero nadie habla del policía que te protege.
Se encuentran expertos en los vecindarios
Hablando todo el tiempo de esos crímenes
Pero no hablan del policía que murió
Tratando de salvar una vida…
Muchas cosas pasan que están sucediendo
En algún lugar o más.
Pero es tan triste cuando hablan
Que el policía no Hizo nada…
Todos hablan y nadie ni piensa
Que un policía es un ser humano ayudando
Y defendiendo a todos veinte cuatro horas al día….

Violencias En Las Calles

¿Pueden hablar sobre las violencias en las calles?
¿Qué crees que pasaría si cada vez
¿Que matan a un muchacho y luego matan a un policía?
Cada vez que matan a un hombre y luego matamos a un policía
¿Por qué la comunidad no trabaja con el policía?
Sería un sitio mejor
Si cada vez que un policía está en peligro
La vencida le da una mano
Si, el policía es un trabajador publico
Pero también es un ser humano…

Poemas Para Adolescente

Todos recordamos ese amor adolescente lleno de ternura e inocencia. Nuestros corazones viajaban de un lugar a otro buscando aquella muchacha o aquel muchacho. Todo el cuerpo temblaba cuando ellos pasaban por nuestro lado.

A veces no nos atrevíamos a decir nada. Se quedaba ese amor para la eternidad como un amor platónico. Dichosos aquellos que pudieron consolidar el amor como lago hermoso y se constituyeron en pareja de enamorados.

Espero que le gusten esta colección de poemas….

La Inocencia

Es un tiempo inmortal es el amor en la adolescencia
Es alegría, dolor, y locura e inocencia
Son largas noches sin dormir, agitación hormonal
Son deseos y ansias de caricias sueños y comportamiento anormal
El tiempo pasa deprisa, el amor acaba de empezar
Veamos cuánto dura porque me he vuelto a enamorar
Este amor durará años, aunque digan que no es real
No quiero tener desengaños porque tú eres especial
Serán tiempos de bonanza con mi amor adolescente
contigo tengo la esperanza que durará eternamente.
Eso espero….

Mi Primer Amor

No sé cómo decírtelo y quiero que seas sincero
Tú eres mi primer amor y se queme dirás siempre la verdad
Deseo eliminar mis miedos de que un día sea engañada
Porque quiero que me beses, pero no ser abandonada.
Sé que no es tan solo un sueño y que quieres acariciar mis dedos
Se que me amas tanto y que de mi amor serás dueño.
Quiero olvidar mi pasado y contigo comenzar de nuevo
Aunque somos muy jóvenes y creo que somos el uno al otro.
Ven conmigo para estar juntos y que nuestra adolescencia se acaba
Más nuestro amor comienza y nuestros corazones se aman.
No habrá más amor que el nuestro ni lagrimas que derramar
nuestra historia hoy comienza y juntos nuestra vida continuará.

El Amor Adolescente

El amor adolescente es muy real y poderoso. Tal vez en ningún otro momento de nuestras vidas las alegrías y dolores se sientan tan fuertemente atracción con mucha profundidad.

¿Quiénes de ustedes después de todo, podrían olvidar su primer amor?

Todo amor adolescente empieza por una primera vez y nos acompañará durante toda la vida…

Esperándote

¿Te acuerdas amor el primer día que nos conocimos?
Tuve una extraña sensación y en aquel momento no supe la razón.
Fue una sensación rara que recorría todo mi cuerpo
realmente me sentía como flotando.
Después me di cuenta de que era amor.
Estuvimos juntos todo ese día.
Al despedirnos, me dijiste,
No te preocupes, te buscare pronto.
Después de un tiempo de espera,
Me di cuenta de que nunca nos íbamos a ver.
Cada noche me dormía esperándote.
Al despertar lloraba de tristeza.
Desde aquel día,
cada mañana pienso en ti
y en esa rara sensación
de escalofríos y temblores de amor.
El tiempo pasa y no recibo noticias de ti.
Estoy locamente enamorado de ti.

Necesito saber de ti.
Todo se desvanece en mi vida.
Las hojas de los árboles caen.
Pasa el tiempo y mi cuerpo envejece
Menos mi amor por ti.
Sé que ya no tengo esperanzas
de saber algo de ti.

Aunque mi amor aún sigue escondido,
mi corazón ha dejado de sentir.
Atrás quedan pensamientos y sueños
del día que te conocí
de lágrimas vacías por tu amor.
Este es un adiós eterno que nace para ti.

Una Experiencia Universal

El amor es una experiencia universal que nos conmueve a todos. A veces no hallamos las palabras adecuadas para expresarlo.

A lo largo de la historia los poetas han sabido decir aquello que todos sentimos de formas creativas y porfiados.

Conocerán en esta selección de poemas que van a dar inspiración a tu corazón ansioso.

El amor no llegó a ser un tema muy desarrollado pero el poema a continuación es una de esas pocas, pero felices ocasiones en que el poeta le dedica su intención creadora. En el poema, el amante muestra su pasión y ansiedad ante el misterio del amor.

El amor no se condiciona. Quien ama debe abrazar la totalidad del ser, el acierto y el error. Amar no es admiración y no hace casa en la buena suerte. El amor se decide o, simplemente, se da.

Tus Ojos Misteriosos

Enciende en tus ojos un misterio,
Virgen y compañera.
No sé si es odio o es amor la luz
infinito de tu ajustaba negra.
Conmigo irás mientras proyecte sombra mi cuerpo
Queda mi calzado pintado en la arena.
¿Eres la sed o el agua en mi camino?
Dime, virgen y compañera.

Quiéreme Entera

Si me quieres, quiéreme entera,
no por zonas de luz o sombra…
Si me quieres, quiéreme entera…
Quiéreme de día,
Quiero que me quieras de noche…
De madrugada y con la ventana abierta.
Si me quieres, no me quieras en pedazos:
Quiéreme toda… O no me quieras jamás.

Por tus Ojos

Por tus ojos tiernos yo me perdería,
sirena de aquellas que amaba y temía.
Por tus ojos yo me perdería.
Por tus ojos en lo que, fugaz,
brillar suele, a veces, la melancolía.
Por tus ojos tan llenos de paz,
misteriosos como la esperanza mía.
por tus ojos, invoco enérnergia….

Muchas Veces

Muchas veces tengo ganas de decirte,
que te amo con locura.
Muchas veces tengo ganas de ser tonto
para gritar, que te quiero tanto…
Muchas veces tengo ganas de ser niño
para llorar acurrucado en tu seno.
Muchas veces tengo ganas de estar muerto
para sentir, bajo la tierra húmeda de mis jugos,
que me crece una flor rompiéndome el pecho….
Esa flor, para ti.

El Presente

No recuerdos no pronósticos…
Sólo ahí el presente.
No silencio, no palabras:
Tu voz, sólo, sólo, hablándome.
No manos no labios….
Tan solo se encuentran dos cuerpos,
bien lejos, separados.
No hay luz no hay tiniebla,
no ojos no mirada…
Solo la visión, del alma.
Por fin, Por fin,
No hay agrado no hay pena,
No hay cielo no hay tierra,
No hay arriba no hay abajo,
No hay vida no hay muerte,
No hay nada…
Sólo hay el amor, sólo hay un tu y un yo….

Solo Te Ofrezco

Te ofrezco rosas, y mi corazón….
No quiero destrozarlo ….
Quiero tus manos cariñosas,
Quiero que goce mi sencilla.
En el jardín opaco mi cuerpo que esta fatigado
Las brisas tempranas cubiertas de rocío;
Como en la paz de un sueño me deslizo a tu lado.
Cuando calme la divina tormenta,
Reclinaré, jugando con mis bucles espesos,
Sobre mi seno y mi frente semidormida,
Con el ritmo de tus últimos besos.

Estoy Contigo

¿Mi patria?
Mi patria es tú.
¿Mi familia?
Mi familia es tú.
El destierro y la muerte
para mi están adonde
no estés tú.
¿Y mi vida?
Dime, mi vida,
¿qué es, si no eres tú?

Cada Beso

Cada beso es como si fuera una despedida,
el hombro y la mano nos llama…
A la lancha no viene sino vacía;
Que en el mismo haz vínculos de lo que fuimos mutuamente
Esto es solo la ajena suma universal de nuestras vidas.

Mi Amor

Amar es el tímido silencio
Muy cerca de ti, sin que tú lo sepas,
Recordar tu voz cuando te marchas
Y cuando siento calor de tu saludo.
Mi amor,
Amar es aguardarte
como si fueras parte de una puesta,
no hay antes ni después, para que estemos solos
entre los juegos y los cuentos
entre las sábanas…...

Quiero Entregarte Mi Cuerpo

No quiero morirme sin conocer tu boca enamorada…
Tener la experiencia del encuentro verdadero
Que les da sentido a nuestras vidas.
El amor realizado le quita poder a la muerte,
Porque él mismo hace la vida maravillosa.
No quiero morirme sin conocer tu boca.
No quiero morirme con el alma confusa,
sabiéndote distinto, perdida en otras playas.
No quiero morirme con esta pena
por ese arco triste
donde habitan tus sueños al sol de mediodía.
No quiero morirme sin haberte entregado
las doradas píldoras de mi cuerpo,
mi piel que me cubre, el temblor que me invade.
No quiero morirme sin que me hayas amado.
Lo único que quiero es entregarte mi cuerpo….

El pensamiento.

Quiero llorar porque te amé demasiado.
Quiero morir porque me diste tu vida,
Ay, amor mío, ¿será que nunca he de tener paz?
Tendrá que todo lo que hay en mí
sólo quiere decir melancolía...
Ya no sé lo que va a ser de mí,
Todo me dice que amar será mi fin...
Qué desespero trae el amor,
yo que no sabía lo que era el amor,
ahora lo sé porque no soy feliz.
Estoy pensando, que tu de mi no estás pensando…

Entrega Total

Me tienes y soy toda tuya. Estamos muy cerca,
uno del otro como dos buenos amigos.
Tan cerca estamos uno del otro
pero, a veces me siento tan lejos…
Tú me dices que me encuentras dura,
envuelta en secretos,
entera, remota… Y tú quisieras
la llave del misterio…
Si no la tiene nadie… No hay llave. Ni yo misma,
yo misma la tengo…

Eterno Amor

Se puede nublarse el sol eternamente;
Se puede secarse en un instante los ríos.
Se puede romperse el eje de la Tierra
Como un débil cristal.
¡Todo sucederá! Podrá la muerte
Cubrirme con su fúnebre de seda;
Pero jamás en mí podrá apagarse
La llama de tu amor porque nuestro amor
Es eterno....

Solo Rimas

Sé un himno grande y extraño
que anuncia en la noche del alma una madrugada,
estas páginas son de ese himno
Las cadencias que el aire aplaza en las sombras.
Quisiera escribirle, del hombre
domando el rebelde, agarrado idioma,
con palabras que fuesen a un tiempo de
suspiros y risas.
Esto fue todo en vano, no hay cifra
capaz de encerrarte los que siento.
Se que tengo en mis manos las tuyas,
Y te quiero cantártelo a solas…

Pidiendome

El alma enamorada espera un mensaje.
Una palabra de amor escrita en un papel es aliento de vida.
El amante sufre el silencio, y espera que le escribas.
Amor de mis entrañas, viva muerte,
en vano espero tu palabra escrita
y pienso, con la flor que se marchita,
que si vivo sin mí quiero perderte.
El aire es inmortal. La piedra floja
no conoce la sombra ni la impide.
Corazón interior no necesita
la miel helada que la luna derrama.
Pero yo te sufrí. Arranqué mis venas,
en duelo de mordiscos y azucenas.
Llena pues de palabras mi locura
o déjame vivir en mi serena
noche del alma para siempre esta oscura.

Cuando Te Enamore

Cuando llegues a amar, si no has amado,
sabrás que en este mundo
es el dolor más grande y profundo
ser a un tiempo feliz y desgraciado.
El amor es un abismo
de luz y sombra, poesía y pros.
También es en donde se hace la más cara cosa
que es reír y llorar al mismo tiempo.
Lo peor, lo más terrible,
es que vivir sin él es imposible.

La Intimidad

En el corazón de la mina más secreta,
En el interior del fruto más distante,
En la vibración de la nota más discreta,
En la caracola espiral y resonante,
En la capa más densa de pintura,
En la vena que en el cuerpo más nos sonde,
En la palabra que diga más blandura,
En la raíz que más baje, más esconda,
En el silencio más hondo de esta pausa,
Donde la vida se hizo eternidad,
Busco tu mano y descifro la causa
De querer y no creer, final, intimidad.

¿Tu Esclava Yo?

Soy contigo la puesta más extensa del cielo,
Que en él brota mi alma como una estrella fría.
Cuando de ti se alejan vuelven a mis pies.
Mi propio latigazo cae sobre tu vida.
Eres lo que está dentro de mí y está lejano.
Huyendo como un coro de nieblas perseguidas.
Junto a mí, pero ¿en dónde?
Lejos, lo que está lejos.
Lo que estando lejos bajo mis pies camina.
El eco de tu voz más allá del silencio.
Lo que en mi alma crece como una capa vegetal en las ruinas.
Tu eres mi esclava…

Pienso Siempre en Ti

En ti siempre pienso, en tus cabellos
Que el mundo de la sombra envidiaría,
Yo puse un punto de mi vida en ellos
quise yo soñar que tú eras mía.
Ando por la tierra con los ojos
alzados bien altos.
Que en ira alaba o desdichados sonrojos
encendidos la humana criatura.
Vivir y Saber morir…
así me incomoda este fatídico buscar,
este bien indomable, todo en mi alma se refleja,
Estoy buscando sin fe, y sin fe me muero.
Días y noches te he buscado
Sin encontrar el sitio en donde estas…
Te he buscado por el tiempo arriba y por el río abajo
Te has perdido entre mis lágrimas
Noches y noches te he buscado
Sin encontrar el sitio en donde lloras….

Cúbreme Con Amor

Cúbreme con amor, el cielo de mi boca
Cúbreme con esa arrebatada espuma extrema,
Que es de jazmín del que sabe y del que quema,
Esta brotando en punta en la roca.
Desequilibrarse, mi amor, su sal, aloca
Tu aguda aguda flor suprema,
Doblando su excitación en la joya
del mordiente clavel que la desboca.
Oh, mi amor, oh, mi bello amor
Que murmulla muy cálido de la nieve
por tan estrecha cueva en pura vida,
para mirar cómo tu fino cuello
se te resbala, amor, y se llueve
con jazmines y las estrellas.
Solo quiero que me cubras con tu amor…

Cuando nos Desnudamos

Nos desnudamos tantas vece
hasta perder el sexo debajo de la cama,
nos desnudamos tantas veces
que los insectos juraban que habíamos muerto.
Te desnudé por dentro,
Te desordené tan hondo
Que se extravió mi orgasmo.
Nos desnudamos tanto
Que olíamos a quemado,
Que cien veces la lava
Volvió para escondernos.

El Amor

El amor, está siempre rodeado
Casi siempre por un antojo
De olvido, avanza resuelto hacia las trampas
Creadas para cazar animales con piel de fieras
Y serpientes con plumaje de buitre.
El amor sobrevive a las heridas y grita,
Es voladora, la envidia de los venenosos.

Amor Más allá de la Muerte

Cerrar podrá mis ojos la última
Sombra que me llevare el blanco día,
Y podrá desatar esta alma mía
Dejará la memoria, en donde ardía….
Nadar sabe mi llama el agua fría,
Y perder el respeto a ley severa.
Alma, a quien todo un Dios prisión ha sido,
Venas, que humor a tanto fuego han dado,
Médulas, que han gloriosamente ardido,
Su cuerpo dejará, no su cuidado;
Serán ceniza, más tendrá sentido;
Polvo serán, más polvo enamorado.

Te desnudas

Te desnudas igual que si estuvieras sola
De pronto descubres que estás conmigo.
¡Cómo te quiero entonces
entre las sábanas y el frío!
Te pones a flirtearme como a un desconocido
y yo te hago la corte ceremonioso y tibio.
Pienso que soy tu esposo
y que me engañas conmigo.
¡Y como nos queremos entonces en la risa
de hallarnos solos en el amor prohibido!
te tengo miedo y siento un escalofrío.

¡Qué risueño contacto…!
¡Qué risueño contacto el de tus ojos,
ligeros como palomas asustadas a la orilla
del agua!
¡Qué rápido contacto el de tus ojos
con mi mirada!
¿Quién eres tú? ¡Qué importa!
A pesar de ti misma,
hay en tus ojos una breve palabra
enigmática.

No quiero saberla. Me gustas
mirándome de lado, escondida, asustada.
Así puedo pensar que huyes de algo,
de mí o de ti, de nada,
de esas tentaciones que dicen que persiguen
a la mujer casada.

Pies hermosos

La mujer que tiene los pies hermosos
nunca podrá ser fea
mansa suele subirle la belleza
por pantorrillas y muslos
demorarse en el pubis
que siempre ha estado más allá de todo canon
rodear el ombligo como a uno de esos timbres
que si se les presiona tocan para elisa
reivindicar los lúbricos pezones a la espera
entreabir los labios sin pronunciar saliva
y dejarse querer por los ojos espejo
la mujer que tiene los pies hermosos
sabe vagabundear por la tristeza.

Lo que necesito de ti

No sabes cómo necesito tu voz;
necesito tus miradas
aquellas palabras que siempre me llenaban,
necesito tu paz interior;
necesito la luz de tus labios
!!! ¡¡¡Ya no puedo... seguir así!!!
...Ya... No puedo
mi mente no quiere pensar
no puede pensar nada más que en ti.
Necesito la flor de tus manos
aquella paciencia de todos tus actos
con aquella justicia que me inspiras
para lo que siempre fue mi espina
mi fuente de vida se ha secado
con la fuerza del olvido...
me estoy quemando;
aquello que necesito ya lo he encontrado
pero aun!!! ¡¡¡Te sigo extrañando!!!

Hay ojos que Sueñan

Hay ojos que miran, -hay ojos que sueñan,
hay ojos que llaman, -hay ojos que esperan,
hay ojos que ríen -risa placentera,
hay ojos que lloran -con llanto de pena,
unos hacia adentro -otros hacia fuera.
Son como las flores -que cría la tierra.
Mas tus ojos verdes, -mi eterna Teresa,
los que están haciendo -tu mano de hierba,
me miran, me sueñan, -me llaman, me esperan,
me ríen rientes -risa placentera,
me lloran llorosos -con llanto de pena,
desde tierra adentro, -desde tierra afuera.
En tus ojos nazco, -tus ojos me crean,
vivo yo en tus ojos -el sol de mi esfera,
en tus ojos muero, -mi casa y vereda,
tus ojos mi tumba, -tus ojos mi tierra.

Mi corazón

Mi corazón los ha robado;
Mi Amor, veo tus enojos,
Es muy fuerte llevando esta tortura
por los más hermosa que sea
Que desde que vivo he mirado muchas
Gracias aceptarme como soy
Me lo tienes en prisión.
Si Amor tiene razón,
Señorita, por las señales,
tu eres dueña de mi corazón.

Mi Cariño

Allí, donde las brisas alegres viven para enamorar
A las tempranas hojas a su paso,
Mi cariño va lentamente, inclinándose
Hacia su sombra que reposa en la hierba.
Donde el cielo es una taza de claro azul
Sobre la tierra risueña,
Mi cariño camina lentamente, levantándose
Su vestido con encajes blanco.
Blanco puro como tu …

Referencias

1. Rodríguez-Gago, en intr. A Los días felices, p. 12
2. Encyclopedia of World Literature in the 20th Century. F. Unger Publishing Co. New York. 1974. L.C.C.C.N. 67-13615. Vol. 1, p. 111
3. The Nobel Prize in Literature 1969
4. Birkenhauer puntualiza, citando a Lawrence E. Harvey, que las palabras de Beckett fueron: «Puede decirse, desde luego, que he pasado una niñez feliz, aunque yo no estaba muy dotado para ser feliz. Mis padres han hecho todo lo que se puede hacer para que un niño sea feliz. Pero muchas veces me he sentido muy solo». Birkenhauer, 25.
5. Cronin, 3–4
6. «En cualquier caso, Samuel Beckett y su hermano Frank recibieron una Casa Cooldrinagh, Dublín. Acceso 24/10/2011
7. Una especie de Eton irlandés». Birkenhauer, 26.
8. Beckett's Athletics - artículo de Steven O'Connor
9. Trad. Libre Knowlson (Bloomsbury), p. 62
10. citado por Rodríguez-Gago, p. 9
11. Trad. Libre Knowlson (Bloomsbury), p. 79-86
12. Acker, Paul (1998). Revising Oral Theory: Formulaic Composition in Old English and Old Icelandic Verse. Routledge. ISBN 0-8153-3102-9
13. Lapidge, Michael (Editor) (2007). Anglo-Saxon England. Cambridge University Press. ISBN 0-521-03843-X
14. Page, Raymond Ian (1999). An Introduction to English Runes. Boydell Press. ISBN 0-85115-946-X

15. Van Kirk Dobbie, Elliott (1942). The Anglo-Saxon Minor Poems. Columbia Universito Press ISBN 0-231-08770-5

16. El poema rúnico anglosajón (en inglés antiguo), ed. y tr. T.A. Shippey, Poems of Wisdom and Learning in Old English. Cambridge, 1976: 80-5.

17. Acker, Paul (1998). Revising Oral Theory: Formulaic Composition in Old English and Old Icelandic Verse. Routledge. ISBN 0-8153-3102-9

18. Lapidge, Michael (Editor) (2007). Anglo-Saxon England. Cambridge University Press. ISBN 0-521-03843-X

19. Page, Raymond Ian (1999). An Introduction to English Runes. Boydell Press. ISBN 0-85115-946-X

20. Van Kirk Dobbie, Elliott (1942). The Anglo-Saxon Minor Poems. Columbia University Press ISBN 0-231-08770-5

21. El poema rúnico anglosajón (en inglés antiguo), ed. y tr. T.A. Shippey, Poems•Textos originales de los poemas rúnicos en "Runic and Heroic Poems" por Bruce Dickins. (En ingles)
80-5.

22. Auden, W.H., Ed. The Oxford Book of Light Verse (Oxford, 1979). Boulton

23. Marjorie. Anatomy of Poetry, rev. ed. (Methuen, 1983).Hall, Donald. The Oxford Book of Children's Verse in America (Oxford, 1985). Matthiessen,

24. F.O. The Oxford Book of American Verse (Oxford, 1950).Perlutsky, Jack, Ed.

25. The Random House Book of Poetry for Children (Random, 1983). Rukeyser,

26. Muriel. The Life of Poetry (Paris, 1996).Stallworthy, Jon. The Oxford Book Of War Poetry (Oxford, 1984).Williams, Miller. Patterns of Poetry (La. State Moreno, V. (1989). El juego poético en la escuela. Pamplona: Pamiela.

27. García Padrino, J. (1992). Libros y literatura para niños en la España contemporánea. Madrid, Fundación GSR/Pirámide.

28. "Rodríguez Arán" (Autor-Editor). Estructura y elementos de la poesía contemporánea. ISBN 9788440084521

29. Samuel R. Levin, Catedra, 1983. Estructuras lingüísticas en la poesía. ISBN 9788437600208

Sobre la Autora

Norma Iris Pagan Morales nacio en Ponce, Puerto Rico. Ella biene de una familia muy amorosa . Sus padres, Juan Jose Pagan Rodriguez, y Digna Morales Figueroa, ya fallecidos, siempre la apoyaron con todos su projectos como escritora y profesora.

Norma tenia dos hermanos y una hermana. Su hermana, Adelin Milagros Pagan Morales fallecio en febrero 17, 2023 y sus hermano Julio Manuel Pagan Morales, fallecio en septiembre 19, 1998.Ahora solo tiene a Juan Jose Pagan Morales que es Tambien conocido como un gran artista de pintura.

Norma hizo todos sus studio academic en Nueva York, Puerto Rico y Canada. Ella trabajo en la Police de Nueva York. Como educadora, trabajo en el Departamento de Educacion en NY y Puerto Rico. Su ultimo empleo fue en la Guardia Nacional de Puerto Rico,

Norma has published thirteen books: Proud of My Puerto Rican Bequest, ¿Porque Soy Boricua? Poemas del Alma, Art in Written Form, A Baffling Short Stories Collection, On Job in the Big Apple, Puerto Rican Soldiers Serving with Pride, Nature's Rage in the Caribbean, Boricua de Pura Cepa, You are the One, The Unfaithfuls, Christopher Columbus and Violence in the City

www.ingramcontent.com/pod-product-compliance
Lightning Source LLC
Chambersburg PA
CBHW061317190726
48288CB00002B/547